# 불량아이들

조재도 3부작 청소년소설

불량아이들

2013년 1월 14일 제1판 제1쇄 발행
2018년 12월 17일 제1판 제4쇄 발행

**지은이** 조재도
**그린이** 김호민
**펴낸이** 강봉구

**펴낸곳** 작은숲출판사
**등록번호** 제406- 2013- 000081호
**주소** 413- 120 경기도 파주시 신촌로 21- 30(신촌동)
**전화** 070- 4067- 8560
**팩스** 0505- 499- 8560

**홈페이지** http://cafe.daum.net/littlef2010
**이메일** littlef2010@daum.net



ISBN 978 – 89 – 97581 – 14 – 6 43810
값은 뒤표지에 있습니다.

조재도 3부작 청소년 소설

# 불량아이들

글 조재도 | 그림 김호민

작은숲

조재도 3부작 청소년 소설

1 싸움닭 샤모

2 불량 아이들

3 생명에 이르는 병

차례

# 서울

아스팔트길에 햇빛이 반짝였다. 서울이었다.

나는 초등학교 6학년 때 서울로 전학 왔다. 처음 서울에 왔을 때, 나는 망망대해에 던져진 기분이었다. 내가 아는 것이라곤 집과 학교를 오가는 길뿐. 아버지는 내게 한눈팔지 말고 공부만 열심히 하라고 했다. 나는 그렇게 했다.

그러나 한길로 다니다 보면 차츰 옆길이 눈에 들어와 마침내 그 길에 들어서듯 나는 이곳저곳을 쏘다니게 되었다. 길을 잃어 헤매는 때도 있었지만 새로운 길은 늘 낯선 미지의 세계에 닿아 있고, 그렇게 나는 서울에서의 행동반경을 넓혀 나갔다.

서울은 넓은 곳이었다. 처음엔 스탠드 불빛처럼 눈길 닿는 곳까지만 밝아 보였고, 그 밖의 곳은 온통 어둠이었다. 그러나 발길 닿는 곳이 넓어지면서 복잡한 서울이 차츰 눈에 들어오기 시작했다.

아이들은 내가 다니는 학교를 양아치 학교라고 했다. 왜 양아치냐고? 내가 서울로 전학 오던 해 우리나라에 대통령 선거가 있었다. 그해 대통령 선거에서 보수파가 정권을 잡았다. 지난 10년 간 정권을 쥐었던 진보파가 물러나면서 우리 사회 많은 것들이 확 바뀌었다.

보수파들은 정권을 잡지 못한 지난 10년을 '잃어버린 10년'이라고 했다. 그들은 우리 사회 여러 분야에서 그동안 진보파가 해오던 정책을 송두리째 바꿔버렸다. 그들이 어찌나 신속하고 강력하게 바꿔버리는지 마치 정권을 잡지 못한 지난날에 대해 복수라도 하는 것 같았다.

중학교 입시제도가 바뀐 것도 그런 변화의 결과였다. 교육의 총책임자인 교육과학기술부 장관은 장관이 되자마자 기자들 앞에서 확신에 찬 목소리로 자기 소신을 밝혔다. '초등학교 때부터 경쟁해야 한다!'

무한 경쟁을 통해서만 우수 인력으로 살아남는다는 것이었다. 그에 따라 '중 · 고교 다양화 300 정책'이 발표되어, 특목중(외국어중, 과학중 등) 영재중(서울 국제중) 자사중(자립형 사립중) 자공중(자율형 공립중) 등 이른바 특수학교는 시험을 통해 학생을 선발하고, 그 외 나머지 학교는 모두 컴퓨터 추첨에 의해 학교를 배정했다. 그리고 고등학교도 평준화가 전면 폐지되고 철저히 개인 성적에 따라 입학하는 고교 선택제로 바뀌었다.

내가 이 학교, 그러니까 서울 변두리에 있는 증진중학교에 다니게 된 것도 이런 입시 제도의 변화 때문이다.

초등학교 때 내 성적은 나쁘지 않았다. 매일 학교 끝나 집에 오면 책가방을 집어던지고 산으로 들로 쏘다녔지만 성적은 그런대로 괜찮았다. 그러나 중학교 입시에서 나는 내가 처음 지원한 자율형 공립중학교에서 떨어지고, 추첨을 통해 누구나 양아치 학교라고 하는 이놈의 증진중학교에 들어온 것이다.

# 친구들

솔직히 난 공부는 못 한다. 책상에 앉아 책을 펴기만 하면 머릿속에 안개가 자욱이 낀다. 하지만 그것만 빼면? 나 –, 괜찮은 놈이다, 라고 스스로 생각한다.

거울을 보며 내가,

"야, 안평대, 이 정도면 잘 생겼잖아? 이목구비 수려하겠다, 가슴에 갑빠 각지게 잡혔겠다, 나보다 잘 생긴 놈 있으면 나와 보라고 그래!" 하며 씩 웃으면

"미친 놈!"

하는 놈이 있다. 내 친구 마두배란 놈이다. 두배는 머리가 말대가리처럼 길어 별명이 '말상', '말대가리'이다. 두배가 나하고 제일 친하다.

또 한 친구가 있다. 김희남이란 아이다. 별명은 헐렝이, 그리고 표정집이다. 키는 나보다 훨씬 큰데 비쩍 말랐다. 걸을 때 보면 헐렁한 옷 속에서 그의 몸이 제멋대로 노는 것 같다. 몸만 그런 게 아니다. 어딘가 나사 하나가 풀린 듯 한 표정에, 쓸데없는 소리를 끝없이 지껄인다. 누가 뭐라면 실없이 히죽거려 헐렝이가 되었다.

표정집이란 별명은 내 생각에도 좀 특이하다. 희남이는 얼굴이 하회탈처럼 생겼다. 긴 얼굴에 입이 합죽하게 들어갔는데, 얼굴을 두 손으로 쓸면 쓰는 방향에 따라 얼굴 모습이 확확 바뀐다.

희남인 교회 골수분자다. 일요일뿐만 아니라 평일에도 시간 나면 교회에 간다. 그는 담배를 피우지 않는다. 우리가 예수쟁이라고 놀려도 화도 내지 않는다. 웃기만 한다. 웃으면 얼굴이 하회탈처럼 찌그러진다.

점심시간.

희남이 하고 운동장에 있는데 두배가 빙긋빙긋 웃으며 다가왔다.

"어디 갔다 오냐?"

내 말에 두배가  턱짓으로 운동장 끝을 가리켰다. 운동장 끝에 창고가 있고, 창고 뒤 철조망을 둘러친 담벼락이 있는데 아이들이 그곳에 개구멍을 뚫어놓았다.

"한 대 빨았냐?"

두배가 그렇다며 아랫입술을 비쭉 내밀어 연기를 코로 들이마시는 시늉을 했다.

"넌 왜 안 나왔냐?"

“나? 감기 걸렸나 봐. 목도 아프고 기침도 나오고.”

“짜식, 그럴수록 한 대 빨아야 돼, 임마.”

두배가 나에게 빨리 나갔다 오라고 했다.

“지금 시간 다 됐잖아?”

희남이 말하자

“아직 멀었어. 5분이면 갔다 오는데. 야, 빨리 나갔다 와.”

두배가 다시 등을 떠밀었다. 나는 나가지 않았다. 점심시간이 곧 끝나기 때문이었다.

“너 담배 냄새 다 지웠어?”

두배가 그렇다며 내 얼굴에 입김을 훅 불었다. 두배 입에서 솔잎 냄새가 났다. 우린 담배를 피운 후 냄새를 지우기 위해 솔잎을 씹었다. 양치를 하고 우유를 마시기도 했지만, 솔잎도 냄새를 지우기엔 그만이었다.

“지금 몇 시냐? 시간 다 됐지?”

희남이 말했다. 두배가 손목에 찬 시계를 보았다. 처음 보는 시계였다.

“야. 그거 멋진데? 어디 좀 보자.”

내가 달려들자 두배가 손목을 뒤로 빼며 버티었다.

“좀 보자. 어디서 났어?”

"안 돼. 이거 함부로 보여줬다 잘못하면 나만 작살나."

두배가 빙긋빙긋 웃으며 아예 손을 등 뒤로 감춰버렸다.

"에, 정말 의리도 없이. 시계 한 번 보자는데 뭐 그리 뻗대냐?"

내가 인상을 쓰자,

"무슨 시곈데?"

희남이 덩달아 궁금해 했다.

# 이상한 시계

두배 시계는 정말 희한했다. 시계 판은 다른 것과 똑같이 둥근데 안에 이상한 여자 모습이 그려져 있었다. 황금색 바탕에 은색 점선으로 그려져 있는데 자세히 보지 않으면 눈에 띄지 않을 만큼 선이 가늘었다.

"뭔데 그래?"

옆에 있던 희남이 머리를 들이밀며 물었다.

"이거 안 보여? 여기 이 선, 이 여자 말야."

희남이 그제야 고개를 끄덕였다.

"그런데 이게 어때서?"

"희한하잖아. 시계에 여자가 그려져 있다는 게."

그때였다. 점심시간 끝나는 종이 울렸다. 두배가 손목에 시계를 차며 다음에 보여주겠다고 했다.

"지금 보자. 좀 늦어도 되잖아?"

"안 돼. 늦었다간 작살나."

"그래도 보여주다 말고 이러기야?"

나와 희남이 두배 팔을 잡고 채근하자, 두배가 마지못해 팔을 우리에게 내밀었다.

"잘 봐."

두배가 손목을 비틀어 시계를 수직으로 세웠다. 순간, 이게 웬일인가? 여자의 발끝에서부터 배 가슴으로 연분홍 살색이 채워지지 않는가. 나와 희남이 완전 감탄했다. 어디서 흘러나오는지 연분홍 물감 같은 것이 천천히 흘러나와 나체인 여자 몸을 완벽하게 채웠다. 여자는 한쪽 다리를 꼰 채 두 손을 머리 뒤로 들어 올려 한껏 몸을 뒤로 젖힌 모습이었다.

"끝내준다."

"우아. 너 이거 어디서 났어?"

나와 희남이 입을 다물지 못하자

"어때. 죽이지?"

두배가 득의에 찬 웃음을 입가에 물었다.

"어디서 났냐니까?"

"동네 형한테 빌린 거야."

"동네 형? 뭐하는 형인데?"

"그냥 형이야. 노는 형. 야, 빨리 들어가자. 미친개 벌써 들어왔겠다."

미친개는 수학 선생 별명이다. 한 번 물면 살점이 떨어질 때까지 물고 늘어진다 하여 붙은 별명이었다. 후다닥 뛰어 교실로 달려갔다. 나와 희남인 같은 반, 두배는 다른 반이다. 우린 있는 힘껏 달려왔기 때문에 교실 문 앞에서 바로 멈출 수 없었다. 복도 바닥에 미끄럼을 타며 벽을 짚고서야 겨우 속도를 멈출 수 있었다.

그러나 아차, 한발 늦었다. 벌써 담임이 들어와 있지 않은가.

# 대통령 사진

우린 숨을 죽인 채 살짝 교실 문을 열었다. 그런데 이건 또 웬일인가. 다른 때 같았으면 잘 열리던 문이 조금 열리다 말았다. 나는 심호흡을 한 후 다시 힘을 주어 밀었다. 그런데도 꿈쩍 하지 않았다. 벌써부터 아이들이 우릴 돌아보며 킥킥거렸다. 담임은 어이가 없는지 교탁에 손을 짚은 채 우릴 주시했다.

다시 한 번 확 밀어 제쳤다. 그 바람에 그만 문이 요란한 소리를 내며 떨어져 버렸다.

"니들 이리 와."

우리가 엉거주춤 떨어진 문을 잡고 서 있자

"야, 임마. 빨리 이리 안 나와?"

담임이 고함을 빽 질렀다. 뒤에 앉은 아이가 문을 건네받아

문틀에 맞춰 끼웠다.

"니들 어디 갔다 오는 거야? 종 친 게 언젠데 임마 이제 기어 들어와. 너 이리 와."

나와 희남이 누구를 지목하는지 몰라 어리둥절해 하자

"너 말이야 임마, 너."

담임이 다가와 내 귀를 사정없이 꼬나쥐었다. 나는 비명을 지르며 몸이 허공에 들린 채 끌려갔다.

"너 담배 피웠지?"

"아뇨."

"아니긴 뭐가 아냐 임마. 입 벌려 봐."

내가 입을 벌리자 담임이 코를 벌름대며 냄새를 맡았다. 가슴이 바짝 졸아들었다.

"에- 자식. 이빨 좀 닦아라, 이빨 좀."

담임이 들어가 앉으라고 했다.

"니들 오늘 운 좋은 줄 알어. 내가 지금 바빠서 그냥 들여보내는데, 다음에 또 걸리면 그땐 국물도 없다, 알았어?"

나도 모르게 안도의 한숨이 새어나왔다. 내 생각에도 오늘은 정말 운이 좋았다. 우리 담임 별명은 장구채, 사회선생이다. 담임은 무슨 일이 있어 벌을 줄 때면 목을 길게 늘이게 한 후 목

덜미에 장구채를 튕겼다. 한 번 장구채가 튕겨지면 순간적으로 눈에 불이 번쩍 튀고, 붉고 거뭇거뭇한 줄이 목덜미에 남았다.

"경훈이 이리 나와."

이경훈은 우리 반 반장이다.

"이것 좀 잡고 있어."

담임이 들고 있던 액자를 경훈이에게 준 후 교실을 휘 둘러보았다. 담임이 교실 벽에 액자를 걸었다. '쥐' 사진이었다. '쥐'는 지난 대통령 선거에서 보수파 후보로 출마하여 당선된 대통령이었다.

"내가 가장 존경하는 분이 바로 저 사진에 있는 대통령님이시다. 저 분의 '해보고 나서 말하라' 라는 정신, 그 추진력을 나는 존경하는데, 니들도 저 분 정신을 본받아서 올 일 년 멋지게 고입 준비를 해 보기 바란다. 그런 뜻에서 저 액자를 걸었고……."

담임이 손의 먼지를 털며 말했다.

"지금이 3월 말이지? 고입이 얼마 남았나? 12월이니까 9개월 남았다. 그리고 또 고입도 고입이지만 당장 5월에 실시되는 전국연합 학력평가 시험도 있고."

담임이 손가락을 꼽았다. 전국연합 학력평가 시험이란 전국적으로 같은 날 같은 문제로 치러지는 일제고사를 말했다.

"이순신 장군이 남긴 유명한 말이 있는데, 아는 사람?"

담임이 아이들을 죽 훑어보았다.

"내 죽음을 적에게 알리지 마라, 아닌가요?"

유리창 쪽에 앉은 박원구였다. 원구는 우리 반 부반장, 집이 부자다. 원구 엄마가 어머니회 회장인데, 우리 반에서 담임의 장구채에 맞지 않은 몇 안 되는 아이 중 하나였다.

"그것 말고 다른 건 없으까?"

그러면서 담임이 칠판에 썼다.

'必生卽死 必死卽生'

한 자 한 자 힘주어 쓰는 담임을 보며 아이들이 오-예, 감탄했다. 만족한 듯 담임이 입가에 웃음을 물었다.

"읽어볼 사람?"

아이들이 저마다 소리 내어 와글와글 떠든다. 나는 '날 生'은 알겠는데 나머지는 모르겠다.

"필생즉사 필사즉생이라. 살려고 하는 자는 반드시 죽고, 죽으려고 하는 자는 반드시 산다, 이런 말이다. 이게 무슨 말이냐? 니들도 지금부터 일 년 동안 죽어라 공부해서 좋은 고등학교 가면 니들 인생이 그만큼 살아나고, 그렇지 않고 적당히 농땡이 치다 일 년 지나면 니들 인생도 끝장이다, 이런 말이다."

말을 마친 담임이 고입 제도에 대해 설명했다.

"니들도 알다시피 지난 번 정권이 바뀌면서 중학교 입시제도가 바뀌었다. 고등학교나 중학교나 철저히 개인 성적에 따라 시험 봐서 들어가는 것은 똑같다. 이게 다 경쟁을 격화시켜 어려서부터 우수 인력을 확보하자는 것인데……."

담임은 으르딱딱 열을 올리는데 내 머리 속엔 두배가 보여준 시계 생각뿐이다. 가는 선으로 그려진 나체 그림에 어떻게 연분홍 살색이 채워질까? 시계 속에 물감이 들었나? 그러나 겉보기엔 그냥 평범한 시계다. 그리고 또 그 작은 나체 그림에 얼굴과 유방 사타구니 선은 왜 그리 선명한가?

아무래도 집에 갈 때 두배에게 다시 보여 달라고 해야겠다.

# 노 통장 댁

두배와 함께 PC방에 갔다. PC방은 학교에서 떨어져 버스 정류장 쪽에 있다. 나는 지난해 2학년 때 PC방에 있는 무협지에 미쳐 지낸 적이 있다. 거짓말 좀 보태서 그 집에 있는 무협지란 무협지는 모조리 다 읽었다.

나는 만화보다 무협지가 더 재밌었다. 무협지는 읽으면서 책에 나오는 내용을 상상할 수 있었다. 사랑하는 남녀가 정사를 하는 장면이나, 몸속의 기를 모아 독이 퍼진 사람을 살려내는 장면 등을 읽을 때면, 내가 마치 이야기 속 주인공이라도 된 듯한 느낌이었다. 권수를 더할수록 끝없이 펼쳐지는 이야기에 빠져드는 것도 무협지의 매력 가운데 하나였다.

PC방에 들어서자 두배가 담배를 꺼내 불을 붙였다. 내게도 하나 건넸다. 한 모금 깊숙이 빨자 머리가 핑 돌고 기침이 쏟아졌다. 침을 삼키니 생선가시가 걸린 것처럼 목이 따끔거렸다.

"시계 좀 보자."

내 말에 두배가 시계를 풀러 주었다. 옆으로 세웠다. 잠시 후 천천히 연분홍 살색이 여자의 나체에 채워졌다.

"진짜 희한하네. 이 액체가 어디서 나오는 거지?"

"시계 속에 들어 있는 거야."

"다른 시계하고 똑같은데?"

"그래도 이 안에 있으니까 나오지."

"이거 너희 동네 형한테 빌렸다고?"

두배가 그렇다며 고개를 끄덕였다.

"뭐하는 형인데?"

"노는 형."

"놀아? 학교 안 다녀?"

"다니긴 다녀."

"고딩이야?"

"응."

두배가 대답하며 담배꽁초를 페트 병 속에 집어넣었다.

"뭔데 그래?"

PC방 아줌마가 다가왔다. 시계를 보여주었다. 요염한 여자 나체가 시계 속에 나타나자 아줌마가 어머어머, 하며 놀라워했다. 한동안 아줌마가 내 손을 잡은 채 시계에서 눈을 떼지 못했다. 아줌마 머리 결에서 짙은 샴푸 냄새가 났다. 나는 곁눈질로 그녀 가슴을 훔쳐보았다. 앞섶이 벌어진 블라우스 사이로 하얀 유방이 눈에 들어왔다. 호빵만한 젖무덤 사이 가슴이 깊게 파여 있다. 나도 모르게 침을 꼴딱 삼켰다.

"이거 평대 학생 거야?"

내가 아니라며 펄쩍 뛰었다. 두배 것이라고 하자,

"학생이 이런 거 갖고 다니면 안 돼."

아줌마 얼굴이 붉어졌다.

우린 PC방에서 나와 버스에 올랐다. 버스 안에 사람이 없었다. 맨 뒤 의자에 가 앉았다.

"우리 동네 한번 놀러 와."

두배가 창문을 열고 침을 찍 갈겼다. 두배는 침 뱉는 데 도사다. 이 사이로 침을 뱉는데, 주사기에서 물이 뿜어져 나오듯 침이 뿜어져 나온다. 얼마나 정확하냐면 자기 앞에 있는 소주병에 들어갈 만큼 정확하다.

전부터 두배는 자기 동네에 놀러 오라고 여러 번 말했다. 아는 형을 소개시켜 준다고 했다.

두배가 먼저 내리고 몇 정거장 후 내가 내렸다. 우리 집은 버스 종점 근처에 있다. 종점에서 밑으로 내려가면 개천이 나오는데, 개천 오른쪽에 우리 집이 있고 왼쪽에 희남이네 집이 있다.

아버지는 나를 서울로 전학시킨 후 노 통장 댁에 방을 얻어주었다. 주인아저씨는 죽었는지 없고 주인아줌마만 있는데, 아마도 그 여자가 동네 통장 일을 보아서 그렇게 부르는가 보았다. 주인아줌마는 골수 예수쟁이였다. 일주일에 한두 번은 꼭 동네 교인과 함께 이 집 저 집 돌아다니며 예배를 보았다.

아니나 다를까. 대문을 밀고 들어서자 벌써부터 찬송가 소리가 요란하다. 예배 도중 손뼉을 치는 것은 물론이고, 헛-쉬, 헛-쉬 하는 무당 같은 소리를 내지르기도 한다. 기도할 땐 할렐루야, 믿사오니, 이런 말을 수도 없이 되풀이하며 몸을 부들부들 떨기도 하고, 땀을 뻘뻘 흘린 채 두 손을 허공에 흔들며 무슨 말인지 알아들을 수 없는 말을 쏟아내기도 한다.

어른들이 안방에서 예배 보는 사이, 마당 수돗가에서 주인집 딸 명애가 머리를 감고 있다. 하늘을 향해 번쩍 치켜든 그녀의 엉덩이가 찢어질 듯 팽팽하다. 명애가 대야에 머리를 처박은 채 가랑이 사이로 나를 올려다보며 말했다.

"아까 희남이 오빠 왔었는데, 못 봤어?"

"희남이가 왜?"

"몰라. 집에 가는 길에 들렀다던데."

명애는 중학교 2학년, 나하곤 학교가 다른데 그 애도 나처럼 양아치 학교에 다녔다.

가방을 방에 던져두고 나왔다. 명애가 뚝뚝 떨어지는 물을 손으로 짜낸 후 수건으로 머릴 감쌌다. 그런 후 대야의 물을 마당가 화단에 확 뿌렸다. 경계석으로 세워놓은 시멘트 벽돌에 물방울이 튀어 은회색으로 흩어졌다. 그 바람에 흠칫 내가 놀랐다.

저년은 늘 저런 식이다. 성격이 활달하다 못해 덜렁대기까지 한다. 갈색의 가무잡잡한 얼굴에 짙은 눈썹. 나한테 오빠라고 하긴 하는데 반말 짓거리다. 명애가 머릴 숙인 채 수건으로 머리를 턴다. 그 바람에 셔츠 속 유방이 마구 흔들린다.

# 육촌 형

명애 가슴에 눈길이 멎는다. PC 방에서 아줌마 유방을 보았을 때처럼 침이 꼴딱 넘어갔다. 명애는 평소 교복을 입었을 때도 가슴이 커 교복 앞 단추가 뜯어질 지경이었다. 내가 엉거주춤 서 있자, "왜 그래, 오빠?" 하며 명애가 머리를 들어 나를 바라보았다. 나는 민망하고 쪽팔려, "어, 아냐", 하며 집을 나왔다. 등 뒤에서 하느님 아버지 어쩌고 하는, 예배꾼들의 기도 소리가 개구리 떼 끓듯 와글거렸다.

당숙네 집에 갔다. 당숙네 집은 내가 사는 노 통장 댁과 나란히 옆에 붙어 있다. 나는 그곳에서 밥을 먹었다. 당숙은 동네에서 철물점을 운영했다. 젊어서 용접 일을 해서인지 얼굴에 깨알 같은 잡티가 다닥다닥 나 있다.

밥상에 앉았다. 당숙이 말했다.

"너 돈 안 떨어졌니?"

내가 아니라고 했다.

"돈 아껴 써. 니 아버지 시골서 농사지으며 너 하나 가르치려고 서울까지 보냈는데, 공부도 안 하고 돈만 자꾸 쓰면 안 되어."

당숙 말에 당숙모가 말했다.

"한두 살 먹은 애도 아닌데 또 그 소리유?"

"애들한테는 자꾸 잔소리를 해야 돼. 듣기 싫어도 그게 다 약이 된다. 돈 떨어지면 나한테 얘기하고, 너무 밤늦게 다니지 마. 버스 카드는 있니?"

"네. 있어요."

"시험은 언제 보니?"

"중간고사요? 아직 좀 남았어요."

"한눈팔지 말고 열심히 해. 공부는 그저 우리 상호처럼 해야 한다."

안상호는 나의 육촌 형이다. 지금 고2인데, 오로지 공부밖에 모르는 형이다. 당숙은 말끝마다 "우리 상호, 우리 상호" 한다. 그 말을 들으면 나는 살짝 기분이 나쁘다. 자기 아들 자랑

하는 것도 그렇지만, 나를 상호 형에 비교하는 것 같아 더 기분이 나빠진다.

그러나 나는 할 말이 없다. 상호 형은 정말 오로지 공부를 하기 위해 태어난 공부의 신이다. 말만 하면 누구나 알아주는 최고 일류 학교에 다니는 것은 물론이고, 그것도 들어가면서 지금까지 줄곧 장학생이다. 형은 학원도 다니지 않는다. 남들처럼 똑같이 야자하고 끝나면 곧바로 집에 온다. 그런데도 성적은 늘 최상위권이다. 형은 한시도 손에서 책을 놓지 않았다. 토요일이나 일요일에도 방에서 나오지 않았다. 당숙이나 당숙모가 좀 쉬었다 하라고 사정사정해야 겨우 밖에 나왔다. 나와서도 그냥 쉬는 법이 없었다. 다른 가벼운 책을 들고 나와 읽었다. 가족과 대화하면서도 책을 읽고, 과일을 먹으면서도 영어 문장을 외웠다.

그윽한 눈매에 긴 속눈썹. 무슨 말을 하기보다 듣는 걸 좋아하는 상호 형은 말을 들을 때도 책상다리를 하고 두 손을 살짝 아랫배에 모은 다음 몸을 좌우로 조금씩 흔들면서 듣는다. 그런 모습이 꼭 부처님 같았다.

지난해, 그러니까 형이 고1 때였다. 전국 고등학생을 대상으로 모의고사를 보았다. 이른바 일제고사라고 하는 전국연합 학력평가 시험이었다. 시험을 보고 온 형에게 당숙이 말했다.

"몇 점이나 맞은 것 같으니?"

"글쎄요. 398.4 정도?"

"4백 점 만점이지?"

"예."

그런데 성적표에 나온 점수는 398.7이었다. 전국에서 9등. 0.3의 오차. 우아, 나는 숨이 막혔다. 저게 정말 인간인가 싶었다. 나 같으면 한 과목 점수도 예상하기 어려운데. 나는 시험 보고 난 후 어떤 과목 점수가 6~70점 정도 되는 것 같아 맞혀 보면 결과는 40점, 이런 식이었다.

나도 공부를 잘 하고 싶었다. 그래서 내가 공부하는 비법에 대해 물어 보면, 형은 빙긋이 웃으며 열심히 하라고만 했다. 그럼 나는 '어떻게 하는 게 열심히 하는 거지?' 하며 혼자 속으로 투덜댔다. 아무래도 내 머릿속엔 똥만 가득 차 있는 것 같았다.

# 스카이 대학

오늘도 우린 죽을힘을 다해 학교 언덕길을 올랐다. 아침 0교시 수업에 늦지 않기 위해서였다. 교실에 들어서자 담임이 들어 왔다. 출석을 부르고 문제 풀이 유인물을 나누어 주었다. 담임이 말했다.

"어제 교과부에서 전국에 있는 초 · 중 · 고 학교별 성적을 인터넷에 공개했다. 그것을 보면 니들도 알겠지만……."

담임 말의 요지는 이러했다.

지난번 대통령 선거에서 보수파가 집권한 후 교육과학기술부는 '교육관련 기관의 정보 공개에 관한 특례법'을 확정했다. 그에 따라 전국의 모든 학교는 학교 성적뿐만 아니라 교육과정 전반에 관한 사항을 의무적으로 인터넷에 공개해야 했다.

학교별 경쟁이 가속화되자, 학교마다 성적 우수자 반을 따로 편성했다. 양아치 학교로 불리는 우리 학교에서도 글로벌 리더 반이 새로 생겨났고, 그 반 아이들은 모든 면에서 특혜를 누렸다. 점심시간 급식도 그들이 먼저 먹었고, 별도로 마련된 자율 학습실도 그들만 이용할 수 있었다.

"니들도 알겠지만, 지난해 일제고사에서 우리 학교가 꼴찌했다. 창피하지도 않나? 그래 갖고 어떻게 고개 들고 다니나? 우리 학교가 비록 꼴찌이긴 해도 상위권 학생은 그래도 성적이 좋게 나왔다. 우리 학교 전체 1등이 전국에서 그래도 1만 등 안에 들었으니까.

이건 뭘 뜻하겠나? 하면 된다는 것 아닌가? 세상에 해서 안 될 일은 없다. 그 애들도 니들과 똑같이 우리 학교에 들어올 때는 성적이 별 볼일 없었다. 그렇지만 하니까 되잖아? 중학교에서 그 정도 하고, 고등학교에 가 또 열심히 하면 스카이 대학도 문제없이 들어갈 수 있다."

담임이 목에 핏대를 세웠다.

"혹시 이 중에 학교생활이 행복해야 된다고 생각하는 사람 있나? 없지? 만약 있다면 지금 이 순간부터 버려라. 경쟁 사회에서 학교는 더 이상 행복한 곳이 아니다. 학교생활이 행복하기를 바라는 것은 뭔가 착각해도 엄청난 착각이다. 이런 단순한 사실을 알지 못하고, 학교에서 민주주의가 어쩌니, 인권이 어쩌니, 인성교육에 특기 적성을 살려야 한다느니 하는 소리는 모두 귀신 씨나락 까먹는 소리다. 당장 공부 못해 성적 떨어지면 니들하고 니들 엄마 아버지가 불행해."

담임이 아이들을 죽 훑어보며 입술에 침을 발랐다. 담임이 벽에 걸린 '쥐' 사진을 바라보았다.

"박세교."

담임이 내 짝 세교를 지목했다. 세교는 별명이 '야불이'. 자칭 사자성어의 달인이다. 쉬는 시간이든 수업 시간이든 세교는 끝도 없이 나불댔다. 그리고 이상한 이야기를 지어내 아이들에게 퍼뜨렸다.

"너 내가 저 대통령님을 왜 존경한다고 했지?"

세교가 엉거주춤 일어나 말을 못하자

"너 이리 나와."

담임이 얼굴을 붉히며 소리쳤다.

"임마, 불과 엊그제 한 말을 기억 못해? 내가 왜 저 대통령님을 좋아하는지 분명히 말했잖아."

담임이 세교 목덜미를 장구채로 퍽퍽 갈겼다.

"이경훈. 니가 말해 봐라."

담임이 씩씩대며 반장을 지목했다.

"해 보고 나서 말하라, 라는 그 정신을 좋아하신다고 했습니다."

경훈이 앉은 채로 말하자 담임이 흐뭇한 미소를 입가에 물었다.

"야, 그럼 너 스카이 대학은 뭔지 아나?"

담임이 다시 세교에게 물었다.

"스카이 대학, 모르지? 서울대 연대 고대 할 때의 그 S, K, Y, 모르지?"

담임이 세교 목덜미를 다시 장구채로 갈겼다.

"진짜 몰랐나? 서울대, 고대, 연대 아닌가? 우리나라 최고 명문 대학이라는. 거길 졸업해야 앞길이 그나마 보장되는 거야. 그리고 니들이라고 들어가지 말란 법이 없어. 하면 되는 거야. 하다 안 될망정 꿈이라도 크게 가져. 만날 지질이처럼 히쭈그레하게 살지 말고."

담임이 말을 마치며 숨을 돌리는 사이,

"요즘엔 일류 대학 나와도 안 된대요. 대기업에서 일류 대학 졸업자를 쓰지 않고 해외 박사 데려다 쓴대요."

맨 뒤에 앉은 철민이었다.

"뭐야? 너 지금 뭐랬어? 이 자식이, 뭐? 일류 대학 졸업자 안 쓰고 해외 박사 데려다 쓴다고? 누가 그러데?"

그러면서 담임이 말을 이었다.

"지금 철민이 말도 완전 틀린 말은 아니다. 하지만 우리나라에서 그래도 스카이 대학 정도 나와야 어디 취직이라도 해 보겠다고 들이댈 수 있는 거야. 음……, 그리고 내가 매일 강조하는 말이지만 얼마 안 있어 5월에 전국 일제고사를 보게 된다. 그 전에 우리 학교 중간고사도 있고. 그래서 오늘부터 아침 자율 학습 시간엔 일제고사 대비 문제풀이를 하기로 했다. 월화수목금요일에 국영수사과, 이렇게 하루 한 시간씩 집중 문제 풀이를 하는데, 오늘은 사회다. 지난해 꼴찌한데서 벗어나야 체면이 좀 서지 않겠나?"

담임이 말을 마치며 나눠준 유인물을 풀라고 했다. 교실에 걸려 있는 '쥐' 사진이 우리를 쏘아보고 있었다.

# 코털 선생

우리 학교 선생들은 다 무식하다. 공부를 못 가르쳐서 무식한 게 아니라 하는 행동이 무식하다. 무슨 일 있으면 말로 하지 않는다. 매로 때리거나 체벌을 가한다. 학생 인권 문제가 부각되면서 학생 구타도 많이 사라졌다. 그러나 구타는 좀 사라진 대신 언어폭력은 여전하다. 우리보고 지질이, 쓰레기 같은, 이런 말을 아무 거리낌 없이 마구 한다.

우린 그런 말 듣는 것 자체만으로는 그다지 기분 나쁘지 않다. 우린  스스로 우리가 지질이란 것을 잘 알고 있고, 또 듣고 나서 생각하면 선생 말이 거의 틀리지 않기 때문이다. 그러나 우리 학교 선생들이 다른 학교에 가서도 그렇게 애들을 대할까 생각하면 금세 우울해진다. 왜냐면 그들은 우리를 마음 놓고 대해도 좋다고 생각하는 것 같기 때문이다.

무식한 만큼 선생들 별명도 무식하다. 학생부장은 미친개, 담임은 장구채, 이런 식이다. 그런데 도덕 선생 하나는 그렇게 무식하지 않다. 도덕 선생은 노땅이다. 나이가 오십은 넘었고 육십 가까이 됐을 거다. 그는 우리가 뭐라고 하든 때리거나 욕하지 않는다. 한심하다는 눈빛으로 오래도록 바라보다 한숨을 크게 쉬며 들어가라고 한다. 우린 다른 무식한 선생 시간에 받은 스트레스를 도덕 시간에 다 푼다. 그러니 도덕 시간만 되면 완전 난장판이다. 그런데도 도덕 선생은 조금도 끄떡없이 자기 수업을 끝까지 한다.

도덕 선생이 직업의 의미와 역할에 대해 설명했다.

"인간은 사회적 동물로 사회를 떠나서 살 수 없는데, 그렇게 사회 활동을 하기 위해서는 직업을 가져야 한다……."

그때였다. 책상에 엎드려 있던 세교가 손을 번쩍 들었다.

"음, 왜?"

도덕 선생이 설명을 중단한 채 세교를 물끄러미 바라보았다.

"선생님. 주무를 주 자가 한자로 뭐예요?"

순간 도덕 선생이 허허 웃음을 웃었다.

"주무를 주? 모르겠는데? 그런데 그건 왜?"

"아, 예. 제가 사자성어를 하나 만들었는데요. 주무를 주 자를 몰라서요."

"그래? 무슨 사자성언데?"

도덕 선생이 묻자 세교가 정말 말해도 되냐며 얼굴을 붉혔다. 아이들 시선이 세교에게 쏠렸다.

"무골주립요."

"무골주립?"

"네."

벌써부터 세교가 키득거렸다.

"한자로 어떻게 쓰는데?"

"없을 무에 뼈 골, 주무를 주에 설 립요. 그런데 주무를 주 자를 모르겠어요."

세교 말에 아이들이 여기저기서 웃음을 터뜨렸다.

"뼈가 없는데, 주무르면 선다?"

한 아이가 큰 소리로 말하자 교실 안에 와하하 폭소가 터졌다. 이해 못한 도덕 선생이 무슨 말이냐며 다시 물었다.

"뼈가 없는데, 주무르면 선다고요. 핸드 플레이요, 핸드 플레이."

희남이 얼굴을 히죽거리며 소리쳤다. 그제야 이해한 도덕

선생이 얼굴을 붉히며 빙긋이 웃었다. 그렇게 한참 세교를 바라보다,

"학생은 그래도 창의력과 응용력이 뛰어나구먼. 자기가 알고 있는 한자를 응용해 그럴듯한 사자성어를 만들어 내다니 대단해. 사람이 코가 막히면 어떡하지? 풀어야지? 그래야 시원하잖아. 하지만 너무 자주 풀면 콧속이 헐어요. 알겠어?"

도덕 선생 말에 아이들이 다시 배꼽을 잡고 웃었다. "와하하, 코 푸는 게 뭐예요? 선생님도 코 푸세요?" 아이들이 책상을 치며 들썩거렸다.

잠시 후 다시 설명을 이어가는데 이번엔 뒤에 앉은 누군가가 불쑥 말했다.

"선생님 별명이 뭔지 아세요?"

아이들 눈이 다시 동그래졌다. 도덕 선생이 집게손가락을 일자로 세워 입가에 가져다 댔다. 그러나 그렇다고 조용히 할 아이들이 아니다.

"선생님 별명요."

아이들이 다시 킥킥거렸다.

"내 별명? 나한테 별명이 있니?"

"네. 선생님 별명은 코털이에요."

"뭐? 내가 왜 코털이냐?"

도덕 선생이 손등으로 코 밑을 문질렀다.

"늘 코털 몇 가닥이 밖으로 삐져나와 있잖아요."

아이들이 와그르 웃었다.

"그래? 그럼 애들아, 기왕이면 꽃털이라고 해 주라. 코털이라고 하지 말고."

도덕 선생 말에 아이들이 다시 배꼽을 잡고 웃었다.

## 김현숙

"너 교회 안 갈래?"

토요일. 집에 오는 길에 희남이 말했다.

"교회? 예수쟁이들 가는데?"

내 말이 뜨악하게 들렸는지 희남이 짐짓 진지한 표정으로 다시 말했다.

"어, 교회. 일요일 날 너 하는 일도 없잖아?"

"교회 가면 뭐가 좋은데?"

"교회 가면?"

희남이 고개를 갸웃대며 큭큭 거렸다. 그러는 모습이 꼭 하회탈 같았다.

"계집애들 많잖아. 먹을 것도 주고."

"계집애들? 몇 명이나 되는데?"

"중고등부 합쳐서 열다섯 명쯤 될 걸."

나는 여자가 많다는 말에 군침이 돌았다. 교회에 간다? 그리고 여자들이 많다? 내 마음 속에서 그동안 느껴보지 못한 어떤 설렘의 감정이 솟구쳐 올랐다.

"쪽팔리지 않을래나?"

"왜 쪽 팔려? 누구나 갈 수 있는 게 교횐데."

"나가다 안 나가도 돼?"

"그거야 니 맘이지."

우리는 차에서 내려 길을 가면서도 교회 이야기에 몰두했다.

다음 날, 아침 일찍 희남이가 왔다. 줄무늬 남방에 회색 바지, 랜드로바 운동화를 신었다. 그런 그의 모습이 상쾌하다. 교복을 입었을 때와는 전혀 다른 모습이다. 머리도 젤을 발라 살짝 빗어 올렸다. 히죽거리는 것만 빼면 누가 보아도 어엿한 모델이다.

희남이 주인아줌마에게 넙죽 인사했다.

"학생이 아침부터 웬일이야?"

"교회 가려고요."

"우리 집 학생하고?"

희남이 그렇다며 방문턱에 걸터앉았다.

"나 교회 간다는 말 안 했는데."

"쇠뿔도 단김에 빼랬다고 말 나왔을 때 가는 거야."

"성경책도 없고 찬송가도 없는데."

"그런 건 교회에서 다 줘."

"헌금도 해야잖아?"

"안 해도 돼."

"뭐? 안 해도 돼? 교회에서 제일 중요한 게 헌금이잖아? 구원을 주시려면 일 원을 보태 십 원을 주시옵고……."

"안 해도 된다니까."

"에씨. 정말 쪽팔리지 않을래나?"

내가 망설이자 희남이 빨리 옷을 입으라며 재촉했다. 희남이 앉은 채로 다리를 꼬아 덜렁덜렁 흔들었다.

옷을 갈아입는데 주인집 방문이 열리고 명애가 나왔다. 꽉 달라붙은 티셔츠 위로 솟아오른 가슴이 이슬 맺힌 사과처럼 싱그럽고 탱탱하다.

"오빠. 교회 가려고?"

가무잡잡한 얼굴에 하얀 이를 드러내며 명애가 활짝 웃었다. 희남이 그렇다고 하자,

"평대 오빠도?"

명애가 다시 물었다.

"웬일이래? 오빤 교회 근처에도 안 갔잖아."

"얘도 오늘부터 천당 가기로 했단다."

희남이 히죽거리며 말하자, 명애가 입술을 삐죽 내밀어 피-콧소리를 냈다. 그러더니 "나 먼저 간다"며 잰걸음으로 집을 나섰다.

교회는 버스 종점 근처에 있다. 일요일 아침, 거리는 한산하다. 고요히 가라앉은 찻길에 이따금 자동차가 소리 없이 지나간다. 교회에 가까이 가자 녹음기에서 풀려 나오는 차임벨 소리가 귀에 젖어 들었다.

'새생명교회'

교회 마당에 첫발을 디디며 나도 모르게 긴장했다. 출입구에 모여 있던 사람들이 일제히 나를 주시했다. 희남이 넙죽넙죽 인사하자 그들도 고개를 끄덕이며 어서 오라고 했다. 무엇인가 내 몸을 조여 오는 압박감에 가슴이 답답했다. 나는 갑자기 밖에 나가고 싶었다. 그런 마음을 알기나 하듯 희남이 내 팔을 바짝 끼고 교회 안으로 들어갔다.

안에는 사오십 명쯤 되는 사람들이 의자에 앉아 있었다. 희남이 앞쪽으로 가려는 걸 내가 제지하여 맨 뒷자리에 앉았다. 대학생으로 보이는 청년 하나가 성큼성큼 걸어 왔다. 희남이 그 형을 보고 일어나 인사했다.

"어, 그래. 잘 있었어?"

그 형이 나를 보며 누구냐고 물었다.

"제 친구예요. 우리 학교 다니는."

희남의 말에 형이 반갑다며 손을 내밀었다. 후리후리한 키에 눈매가 곱고 목소리가 서글서글했다.

형과 이야기하는데 나를 본 명애가 같이 있던 여자애들과 함께 키득거렸다. 얼굴이 화끈 달아올랐다. 명애는 앞쪽 의자에 앉아 있었다. 대여섯 명이 서로 몸을 맞대고 뭉쳐 있었는데, 그들이 나를 보며 웃는 것이다.

형이 앞으로 나갔다. 이제 곧 예배가 시작될 것 같았다. 벽에 걸린 시계를 보았다. 시계 바늘이 10시를 가리키고 있었다.

"저 형이 이 교회 목사님 아들이야. 이름이 고한결인데 예배 때 사회 본다."

희남의 말에 내가 고개를 끄덕였다.

예배가 시작되었다. 수런거리던 교회 안이 조용해지며 엄숙함이 맴돌았다. 사회자의 안내에 따라 다 같이 묵도했다. 나도 희남이 하는 것처럼 눈을 감았다. 앞에 앉은 사람들도 저마다 고개를 숙인 채 기도를 올렸다. 작은 소리로 들릴 듯 말 듯 말하는 사람도 있었다. 찬송가를 함께 부르고 사도신경으로 신앙고백을 했다.

"전능하신 천지를 만드신 하느님 아버지를 내가 믿사오며…
… 영원히 사는 것을 믿사옵니다. 아멘."

다른 것은 몰라도 맨 끝의 '아멘'은 알 수 있었다.

목사님이 시편 제 1장으로 설교 말씀을 해 주셨다. 우린 목사님과 같이 성경 구절을 찾아 읽었다.

"복되어라. 악을 꾸미는 자리에 가지 아니하고 죄인들의 길을 거닐지 아니하며 조소하는 자들과 어울리지 아니하고,

야훼께서 주신 법을 낙으로 삼아 밤낮으로 그 법을 되새기는 사람.

그에게 안 될 일이 무엇이랴! 냇가에 심어진 나무 같아서 그 잎사귀가 시들지 아니하고 제철 따라 열매 맺으리.

사악한 자는 그렇지 아니하니 바람에 까불리는 겨와도 같아.

야훼께서 심판하실 때 머리조차 들지 못하고, 죄인이라 의인들 모임

에 끼지도 못하리라.

악한 자의 길은 멸망에 이르나 의인의 길은 야훼께서 보살피신다."

목사님 설교 말씀 가운데 '우리는 하느님 존재에 대해 잘못 알고 있다, 하느님은 우리를 심판하여 지옥의 불구덩이에 빠뜨리기 위해 오신 분이 아니라, 우리를 행복하고 참된 길로 인도하시는 분'이라는 것과, ' 냇가에 심어진 나무 같아서 그 잎사귀가 시들지 않고', '사악한 자는 바람에 까불리는 겨와 같다'는 말이 인상 깊게 남았다.

나는 예배 보는 사이 교회 내부를 힐끔힐끔 살펴보았다. 중앙 한가운데 커다란 십자가가 걸려 있고, 벽면 기둥에도 가시면류관을 쓰고 피 흘리는 예수님 사진이 걸려 있었다. 사람들은 긴 나무 의자에 앉았는데, 중앙 앞쪽엔 어른들이, 양쪽 구석엔 중고딩 학생들이 앉아 있었다. 나는 여자애들이 몇 명이나 되는지 세어 보았다.

찬송가를 부르는 사이 헌금함이 돌았다. 앞줄을 거쳐 서서히 뒤로 전달되어 온 헌금함이 내 앞에 이르렀다. 나는 헌금함을 들어 무게를 가늠해 보았다. 가벼웠다. 돈은 넣지 않았다. 희남이 천 원짜리 한 장을 넣었다.

예배가 끝나자 사람들이 나이별로 흩어져 모였다. 교회 안이 갑자기 소란스러워졌다. 서로서로 안부를 묻기도 하고 점심식사를 준비하기 위해 분주히 오가기도 했다. 나는 희남이와 함께 중고등부 모임에 갔다. 목사님이 다가와 내 손을 잡고 교회 열심히 나오라고 축복해 주었다.

"오늘 점심은 컵라면에 빵이다."

한결이 형이 손나팔을 만들어 말했다. 내가 우두커니 서 있는 사이 아이들이 끓는 물과 컵라면을 가져 왔다. 희남이 내 것까지 라면을 뜯어 물을 부었다.

점심 식사 후 우리는 방 한가운데 둘러앉았다.

"오늘 새로 온 친구가 있는데 소개부터 할까?"

한결이 형이 주위를 둘러보며 말했다.

나는 일어나 내 소개를 했다. 증진중학교 3학년 안평대라고. 그러고 나니 더이상 할 말이 없었다. 내가 얼굴을 붉힌 채 엉거주춤 서 있자,

"좋아. 우리 평대에게 궁금한 점 있으면 세 가지만 물어보자."

한결이 형이 말했다. 아이들이 나를 바라본 채 아무 질문도 하지 않자,

"그럼 내가 하나 물어볼게. 평대는 어떻게 해서 우리 교회에 나오게 됐어?"

형 말에 내 얼굴이 더 빨개졌다. 교회 가면 여자애들이 많다는 말을 듣고 왔다고는 할 수 없었다. 내가 아무 말도 못하고 서 있자 형이 집이 어디냐고 다시 물었다.

"얘는요, 저기 노명애 하고 같은 집에 살아요."

희남의 말에 명애가 "오우, 뭐야. 재수 없게" 하며 눈을 흘겼다.

우린 돌아가며 인사했다. 중딩 일곱에 고딩 다섯이었다. 자기 이름과 학교, 사는 곳을 이야기하는데 눈에 확 들어오는 아이가 있었다. 김현숙이라는 아이였다. 나하고 같은 중3. 단정한 단발머리에 동그스름한 얼굴. 커다란 곡선을 그린 듯한 검은 눈썹에 작고 도톰한 입술. 약간 아래를 내려다보듯 고개를 숙이고 말하는 그녀는 나 같은 지질이가 쉽게 접근할 수 없는 어떤 기품을 내뿜고 있었다. 그것은 바로 상냥함과 차분함이었다. 나나 희남이나 두배 같은 아이들에겐 죽었다 깨나도 찾아볼 수 없는 상냥함과 차분함.

나는 그녀를 똑바로 볼 수 없었다. 한 마디로 "으메- 기죽어"였다. 알 수 없는 열기가 온몸에 가득 퍼지면서 나도 모르게 침을 꿀꺽 삼켰다. 누군가 양철 북을 마구 두드리는 것 같이 가슴이 쿵쾅쿵쾅 뛰었다.

그녀는 학교도 누구나 알아주는 명문 중학교에 다녔다. 그러고 보니 나와 희남이, 그리고  명애를 제외한 모두가 특수 명문 학교에 다니고 있었다.

# 바람에 까불리는 겨와 같아서

돌아오는 길, 희남에게 내가 물었다.

"김현숙이란 애 죽여주던데."

"너 현숙이한테 뽕 갔구나."

"갔다기 보단……, 음, 뭐랄까? 하여튼 말할 수 없는 뭔가가 있었어."

나는 아직도 참새를 집어삼킨 듯 가슴이 마구 뛰었다.

"꿈 깨라, 꿈! 평대 학생, 꿈 깨세요."

희남이 히죽거리며 놀렸다.

"그 애 집이 어디냐?"

"집은 알아서 뭐하게?"

"그냥."

"꿈 깨라니까. 우리 같은 지질이한테는 아니올시다야."

"너 같은 헐렝이나 지질이지 임마."

내가 인상을 쓰며 주먹을 치켜들자 희남이 잽싸게 피하며 경중경중 뛰며 놀렸다.

"그 앤 쳐다보지도 마. 우리하곤 차원이 달라."

희남의 말에 의하면 김현숙은 중1 때부터 교회에 나오기 시작했으며, 엄마가 교사라고 했다. 공부를 잘해 외국어중학교에 다니고 있으며, 수학 경시대회에 나가 상도 타고, 특히 영어를 잘해 서울외고에 진학할 예정이라고 했다.

"꿈이 국제 인권 변호사래."

"국제 인권 변호사? 그게 뭔데?"

나는 변호사라는 말은 들어 봤어도 국제 인권변호사란 말은 처음 들었다.

"국가 간 분쟁이 생기면 그 일을 맡아 처리하는데, 주로 약소국의 힘없는 사람들 편에서 일한다는 거야."

희남이 말하며 켈켈거렸다. 나는 희남의 말이 머리에 들어오지 않았다. 다만 한 가지 우리 같은 지질이들은 꿈도 꾸지 못하는 것을 그 애는 벌써 꿈꾸고 있었고, 그 꿈을 이루기 위해 한 발 한 발 다가가고 있다는 것이었다.

나는 나 자신이 한없이 찌그러지는 것 같았다. 창피하고 부끄러웠다. 깊은 늪에 빠져 허우적대는 것만 같았다. 한숨이 나오고, 들고 있는 성경책이 갑자기 무겁게 느껴졌다.

오후 거리엔 아침과 달리 활기가 가득했다. 찻길에 자동차들이 줄지어 달리고, 인도에 행인들의 발걸음이 분주했다.

내가 증진중학교에 다닌다고 했을 때 그녀는 나를 어떻게 보았을까 생각하니 쥐구멍에라도 들어가 숨고 싶었다. 두배나 희남이하고 같이 있을 땐 전혀 느끼지 않았던 초라함이 그녀를 생각하면 날카로운 가시가 되어 내 마음을 찔렀다.

하지만 나는 겉으로는 아무렇지도 않은 척했다.

희남이와 함께 집에 들어섰다. 우리보다 먼저 온 명애가 수돗가에서 운동화를 빨고 있다. 명애가 칫솔에 비누를 묻혀 운동화 속을 박박 문지른다. 그 바람에 명애의 가슴이 아래위로 출렁인다. 명애의 가슴에 눈길이 멎었다.

담배를 피우고 싶은데 명애가 밖에 있어 어렵게 됐다. 희남이 방문을 열고 방바닥에 누웠다. 그러면서 아으윽- 기지개를 켰다. 봄 햇살이 길게 방바닥에 드리웠다. 훈훈한 봄바람이 휘몰아쳐 들어왔다.

핸드폰이 울렸다. 두배다. 지금 뭐하냐고 했다. 희남이하고 교회 갔다 왔다고 했다. 잠시 후 다시 문자가 왔다. 우리 집에 오겠다며 거기 있으란다.

"야, 두배 여기 온댄다."

내 말에 희남이 눕혔던 상체를 벌떡 일으키며 어디냐고 물었다.

"자기네 동네래. 금방 온대."

잠시 후 두배가 왔다. 우릴 보더니 말대가리 같은 얼굴에 미소를 씩 머금었다. 마당에 침을 찍 갈기며 턱 끝으로 명애를 가리켰다. 내가 화급히 놀라 조용히 하라며 집게손가락을 입술에 세웠다. 두배를 끌고 방 안으로 들어왔다. 천장이 낮아 희남의 머리가 닿을 듯하다. 두배가 방에 앉으며 낮은 목소리로 누구냐고 다시 물었다. 주인집 딸이라고 희남이 대신 말했다.

"그래? 그년 먹을 만한데."

일부러 들으라는 듯 두배가 크게 말했다. 나는 안절부절 하지 못해 두배 어깨를 주먹으로 쥐어박았다.

"어어, 이 새끼가 사람을 치네. 아이쿠, 으!"

두배가 일부러 목소리를 더 높여 소리 질렀다. 옆에서 희남이 킬킬거리고, 두배가 다시 "유방이 한 손에 안 들어오겠던데" 했다. 내가 두배 어깨를 사정없이 패고, 두배는 죽겠다고 아우성이고, 희남은 배꼽을 잡고 뒹굴며 켈켈 웃었다. 그렇게 한동안 키득거리다 두배가 정색하고 똑바로 앉았다.

"너, 솔직히 얘기해 봐."

두배 목소리에 진지함이 서려 있다.

"너 재 먹었지?"

두배 말에 내가 다시 달려들었다. 말대가리 같은 얼굴에 장난기 어린 웃음을 가득 물며 두배가 방바닥에 뒹굴었다. 나는 정말 화가 났다. 우리끼리 하는 말이라면 괜찮지만, 밖에 명애가 있지 않은가. 아무리 작게 말해도 들을 수 있는 거리인데, 아마도 틀림없이 들었을 것이었다.

내가 얼굴을 붉히며 눈을 부라리자 두배가 미안하다며 두 손을 싹싹 빌었다. 그러면서 주머니에서 담배를 꺼내 입에 물었다.

"안 돼, 임마."

나는 집에서 담배를 피우지 않았다. 혹 냄새가 나 주인아줌마가 알게 되고, 그러면 곧 당숙모에게 말이 들어갈까 싶어서였다. 꼭 피우고 싶을 땐 주인아줌마 집에 없을 때 창문을 열고 선풍기를 틀어 놓은 채 피웠다. 그것도 밤에만.

내가 만류하는데도 두배가 등을 돌린 채 담배에 불을 붙였다. 한 입 가득 연기를 내뿜자 희고 푸른 담배 연기가 방 안에 뭉글뭉글 솟아올랐다. 나는 황급히 일어나 창문을 열고 선풍기를 틀었다. 방 안을 맴돌다 창문으로 빨려 나가는 연기가 햇빛에 선명했다.

두배가 피우는 바람에 나도 같이 피웠다. 비좁은 방에 금세 담배 연기가 가득 찼다. 희남이 켁켁대며 손으로 연기를 쫓았다. 선풍기 바람 따라 연기가 맹렬히 밖으로 빠져나갔다.

"야, 그 시계 안 차고 왔냐?"

내 말에 두배가 무슨 시계냐며 반문했다.

"그 여자 나체 나오는 시계 말야."

"어, 그거? 형 줬어."

"그때만 빌렸던 거야?"

두배가 그렇다며 고개를 끄덕였다.

"야, 밖에 있는 애 나한테 소개시켜 줘라."

두배가 입가에 미소를 물었다.

"누구? 명애?"

"이름이 명애야? 무슨 명애야?"

"노명애."

"어디 학교, 몇 학년인데?"

"학교는 성암중이고, 2학년이야."

"성암중이면 거기도 양아치 학교잖아? 근데 무슨 계집애가 유방이 저렇게 크냐?"

두배 말에

"똥개 눈엔 똥만 보인다고, 네 눈엔 그런 것만 보이지?"

희남이 이죽거렸다.

"나 농담 아니다. 니가 소개시켜 주면 나도 너한테 계집애 하나 소개시켜 줄게."

두배가 사뭇 진지한 표정으로 말했다.

"누군데?"

"있어. 우리 동네 놀러오는 앤데. 이름이 이지수라고."

"몇 학년인데?"

"갠 중3이야. 계집애가 쌈박하게 생겼거든."

"얘는 벌써 마음 주고 있는 애가 있어."

희남의 말에

"누군데?"

"우리 교회 다니는 애야, 김현숙이라고. 오늘 교회에서 처음 봤는데, 한눈에 가 버렸어."

희남이 키득거렸다.

희남의 말에 김현숙의 얼굴이 떠올랐다. 그러면서 그 애 입에서 나오는 상냥한 말씨와 몸에 배어 있는 차분함이 같이 떠올랐다. 그런 그녀를 생각하면 목사님 말씀대로 그녀는 냇가에 심어진 나무임에 틀림없었다. 우리 같은 지질이들은 바람에 까불리는 겨와 같고.

하지만 나는 내 친구들이 좋았다. 그들이 없으면 심심하고 재미없으니까.

## 이지수

두배가 부쩍 우리 집에 자주 들락거렸다. 아무래도 명애하고 진짜 사귀려나 보았다. 두배는 우리 집에 올 때마다 이상한 것들을 가져다 보여 주었다. 일본 판 포르노 사진은 물론이고, 이상한 열쇠고리 같은 것들이었다. 두배는 야동보다 포르노 사진을 더 좋아했다. 야동은 어디서나 볼 수 있어 너무 지겹고 또 내용이 다 똑같은데, 포르노 사진은 다 다른 장면을 영원히 고정시켜 놓아 그렇다고 했다. 이유는 달랐지만 나도 두배처럼 야동보다 포르노 사진이 더 좋았다. 나는 수첩 안에 일본의 10대 소녀를 찍은 포르노 사진을 넣고 다녔다. 나는 사진을 보며 여러 가지 섹스 행위를 상상하는 게 좋았다.

두배가 우리 집에 오면서 명애와 자연스럽게 친해졌다. 두배는 명애를 만날 때마다 그녀의 부풀어 오른 가슴에 눈을 떼지 못했다. 주인집 아줌마는 여전히 동네 신자들과 모여 믿사오니, 할렐루야 같은 예배에 정신을 쏟았다.

두배는 나에게 공공연히 떠벌리며 명애를 만났다. 주로 집 밖에서 만났는데, 명애 엄마가 다른 집으로 예배 보러 가 집이 비었을 때는 우리 집에 와 만나기도 했다. 명애와 둘이 주인집 안방에서 킬킬대다 나오기도 했는데, 그때마다 두배는 입가에 알 수 없는 야릇한 미소를 씩 물었다.

두배는 명애 만나는 일을 생중계하듯 나에게 모두 이야기했다. 오늘은 손을 잡고 노래방에 갔다느니, 술 먹자니까 안 먹었다느니, 키스하며 유방을 만지려는데 끝까지 빼서 못 만졌다느니 하는 이야기였다.

저 혼자만 명애를 만나는 것이 미안했던지 두배는 나만 보면 자기 동네에 오라고 했다. 이지수란 아이에게 내 얘기를 해놓았으니 약속 날짜만 잡으라고 했다. 나는 다음 주 토요일 오후에 가기로 했다.

두배네 집은 영도 아파트 뒤 2층 양옥 반 지하였다. 겉에서 보면 차고가 딸린 번듯한 집이었는데 집 뒤에 있는 계단을 내려가자 출입구가 나왔다. 방에 들어서니 대낮인데도 어두컴컴했다. 방 안을 휘 둘러보았다. 창고 같은 방에 창문이 조그맣게 하나 나 있다. 창문 반쪽 위로 지상의 파란 하늘이 보였다. 형광등을 켰다. 그제야 방 안의 사물이 밝게 눈에 들어왔다. 방 한가운데 가림막 커튼이 쳐져 있다. 한쪽은 두배 방이고, 다른 쪽은 두배 엄마 아버지가 쓰는 방이었다.

"니네 엄마 아빤 없어?"

"장사 갔어."

"무슨 장사?"

"과일."

"시장에서?"

"아니. 트럭에 싣고 다녀. 늦게 와. 열 시 넘어 올 걸."

두배가 커튼을 젖히고 제 방으로 나를 끌고 갔다. 허름한 책상에 컴퓨터가 놓여 있고 문제지 몇 권이 나뒹굴었다.

컴퓨터를 켰다. 나도 모르게 습관적으로 파워 스위치를 누른 것이다. 바탕화면에 명애 사진이 깔려 있다. 황당했다. 둘 사이가 연인 못지않게 가까워진 것은 알고 있었지만, 이렇게 컴퓨터 화면에까지 사진을 깔아 놓은 줄은 몰랐다.

"라면이나 끓여 먹고 나가자. 그럼 시간이 맞을 거야."

"몇 시에 보기로 했는데?"

"일곱 시."

두배가 일어나 부엌으로 갔다. 냄비에 물을 붓고 냉장고 위에서 라면을 꺼냈다. 딸깍, 가스레인지에 불을 붙인 후 환풍기를 틀었다. 작고 동그란 날개가 맹렬한 속도로 돌아갔다. 두배가 담배를 빼물었다. 반 지하 셋방이라 환풍기를 틀지 않으면 연기가 나갈 구멍이 없었다. 두배가 내 팔을 끌어 담배 한 개비를 내밀었다. 나도 불을 붙여 환풍기 구멍에 대고 연기를 내뿜었다.

"화장실은 어디냐?"

"큰 거, 작은 거."

"작은 거."

"작은 거면 여기다 해."

두배가 부엌 바닥 하수구를 가리켰다.

"여기다 하고 물 한 바가지 부으면 돼."

나는 마렵던 오줌이 마렵지 않았다.

두배가 옷을 갈아입으며 아래위로 내 옷차림새를 훑어보았다.

"왜 그래?"

"아니, 좀 띨빵한 것 같아서."

“띨빵하긴. 너보다 백 배 낫다, 임마.”

내가 거울을 들여다보며 손가락으로 머리칼을 쓸어 올렸다. 두배가 나에게 모자를 내밀었다. 유명 청바지 의류 업체인 FB

에서 나온 것이었다. 집을 나왔다. 아직 해가 지지 않아 엷은 저녁 햇살이 비쳐들었다. 공기 속에 봄날의 따스함이 스며 있었다. 성큼성큼 걸으니 몸에서 열이 났다. 두배가 길가 슈퍼에서

팩 소주와 안주를 샀다. 내가 무슨 술이냐며 의아해하자,

"지수 걔네들 초등학교 놀이터에서 보기로 했어."

그가 아무렇지도 않게 말했다. 나는 좀 당황했다. 처음 만나는 장소가 초등학교 놀이터라니.

"PC방은 돈만 들잖아?"

두배가 당연하다는 듯 휘파람을 휙휙 불었다.

학교 운동장에 어둠이 내렸다. 멀리 보안등 불빛이 희미하게 빛났다. 우린 운동장을 가로질러 놀이터로 갔다. 낮에 아이들이 뛰어놀아서인지 놀이터의 모래가 파도처럼 물결지어 있었다. 그네에 앉아 발을 구르자 삑삑 쇳소리를 내며 그네가 흔들렸다.

"지금 바로 온대."

핸드폰에 코를 처박고 있던 두배가 말했다. 학교 정문을 들어서는 사람의 모습이 보였다. 나는 그네를 정지시킨 후 그를 빤히 바라보았다. 운동장에 검은 그림자가 길게 드리웠다. 나도 모르게 침을 삼켰다. 긴장해서인지 입안의 침이 말랐다.

"잘 있었냐?"

두배가 일어나 그녀를 맞았다. 그녀가 고개를 끄덕이며 나를 아래위로 훑어보았다. 두배가 우릴 인사시켰다. 지수는 청

바지에 회색 티를 입고 위에 얇은 점퍼를 걸쳤다. 동그랗게 말린 앞머리가 이마를 가리고 있었다. 호리호리한 몸에 약간 합죽한 입. 깨끗한 얼굴에 두 눈이 반짝였다.

“어디 학교 다니니?”

“성암중학교.”

지수가 머리를 흔들며 말했다. 나는 속으로 깜짝 놀랐다. 그녀 입에서 성암중학교란 말이 튀어나왔기 때문이다. 성암중학교면 명애가 다니는 학교가 아닌가.

“노명애라고 알아?”

내 말에 그녀가 모른다며, 명애가 누구냐고 반문했다.

“그런 애 있어.”

두배와 내가 마주보며 킥킥거렸다. 다행이 지수는 3학년이고 명애는 2학년이라 서로 모르는 것 같았다.

우린 시소에 걸터앉아 술을 마셨다. 팩에 든 소주라 잔 없이 입에 쏟아 부었다. 화끈하면서도 짜릿한 술기운이 목구멍에서 뱃속으로 일직선으로 뚫고 내려갔다.

“야, 이지수. 너 얘 맘에 들어?”

두배 말에 지수가 나를 보고 웃었다.

“맘에 들면 든다고 해. 그리고 너, 종석이 형이 너 먹었지?”

두배가 말하며 이 사이로 침을 찍 갈겼다.

"누가 그래?"

"누가 그러긴. 이 바닥에 소문이 파다한데."

"참, 그 오빠도 웃겨."

지수가 기분 나쁜 듯 머리를 흔들었다.

"몇 번 만나지도 안았는데, 먹긴 뭘 먹어?"

"진짜야?"

"진짜지, 그럼. 어우, 정말 짜증나."

"그럼 키스는 했냐?"

"키스는 또 무슨 키스야. 손도 안 잡았는데."

지수가 강력히 부인했다. 지수가 화가 난 듯 고갤 들어 멀리 불빛을 바라보았다. 오뚝한 콧날이 불빛에 돋아났다. 두배가 다음엔 자기 동네 형들을 소개시켜 주겠다고 했다.

# 첫 키스

지수 집은 포촌동 허름한 양옥이었다. 희남의 집에서 개천 따라 올라가면 산이 나오고 그 산을 넘어 저수지가 있는데, 저수지 주변이 개발되어 포장마차가 많이 들어서면서 그 일대를 포촌동이라고 불렀다. 우리 집에서 빠른 걸음으로 한 시간쯤 걸릴 거리였다.

지수 아버지는 회사에 다닌다고 했다. 엄마는 보험 설계사. 그러나 둘 다 거짓말이었다. 집에 엄마 아버지가 있는데 그렇게 늦게까지 술을 먹고 다닐 수 없기 때문이었다.

나는 두배 없이 지수를 만났다. 주로 희남이네 집 뒤 산에서 만났다. 그곳까지 나는 걸어갔고 지수는 버스를 타고 왔다. 버스 타면 이십 분쯤 걸린다고 했다. 가는 길에 희남이를 불러 갈

이 만날까 했으나, 혼자 만났다.

우린 만나면 술을 마셨다. 산비탈 후미진 곳에 묘지가 하나 있는데, 그곳이 우리가 만나는 장소였다. 한낮엔 햇살이 따뜻하게 비쳤다. 사람 발길이 드물어 술 마시고 놀기에 더 없이 좋았다.

나는 우리의 30일 만남을 기념하기 위해 지수와 키스했다. 묘지 뒤 그늘진 곳에 앉아 그녀를 끌어안았다. 지수가 별 저항 없이 머리를 내 어깨에 기대왔다. 지수의 머리칼에서 아카시아 향기가 스며 나왔다. 내가 그녀의 얼굴을 돌려 입술을 갖다 대자 그녀가 두 눈을 동그랗게 뜨고 나를 빤히 쳐다보았다. 물기 어린 눈동자가 까맣게 빛났다.

"나 진짜 좋아해?"

지수 말이 채 끝나기도 전에 내 입술이 지수 입술을 찍어 눌렀다. 그녀의 차가운 입술이 내 입술에 와 닿았다. 그러나 그 다음 어떻게 해야 할지 몰라 망설였다. 영화나 야동에서 키스하는 걸 많이 보았는데, 막상 하려니 어떻게 해야 할지 당혹스러웠다. 내가 입만 대고 가만히 있자,

"너 키스 처음 하지?"

지수가 입을 열어 말했다. 내가 쪽팔려 아무 말도 하지 않자,

"이렇게 해 봐. 입을 벌리고 내 혀를 부드럽게 핥아."

지수가 말하며 눈을 감았다. 내가 그렇게 하자 그녀도 나처럼 입을 벌리고 내 입술을 핥았다. 뜨거웠다. 첫 키스였다. 그녀의 숨결에서 알싸한 맥주 냄새가 났다. 내가 입을 벌려 지수의 혀를 격렬하게 빨아들였다. 흐읍, 숨을 몰아쉬며 지수가 고개를 뒤로 젖혔다. 그 바람에 그녀의 가슴이 불룩 솟았다. 나는 숨을 몰아쉬며 그녀 가슴을 움켜쥐었다. 그녀가 몸을 비틀며 내 손을 밀어냈다. 그러나 나는 벌써 그녀의 티셔츠 자락을 들추어 맨가슴을 더듬고 있었다. 지수가 아!, 짧게 신음했다. 나는 내처 숨을 몰아쉬며 그녀의 사타구니를 더듬었다. 바지 지퍼를 내리려는데 그녀가 몸부림치며 상체를 곧추세웠다.

"아, 안 돼. 그만해. 그만."

그녀가 숨을 헐떡이며 머리를 흔들었다.

"왜 그래?"

"아냐. 아무 것도, 미안해."

그녀가 깊이 숨을 내쉬며 정색한 채 말했다. 그녀가 머리를 어깨에 기댄 채 내 손을 잡았다. 땅만 내려다 본 채 한동안 말이 없었다. 담배를 달라고 했다. 불을 붙여 주었다. 한 모금 빨아들인 후 연기를 길게 내뿜었다.

"근데 종석이 형이 누구냐?"

처음 만나던 날 두배가 한 말이 떠올라 내가 물었다.

"어우, 정말 짜증나. 그 오빤 왜 그런 말을 하고 다니는지 몰라."

지수가 신경질적으로 말하며 담배를 마구 땅바닥에 비벼 껐다.

# 흑곰 형, 종석이 형

나는 교회에 열심히 나갔다. 한 번도 거르지 않고 매주 나갔다. 김현숙 때문이었다. 목사님 설교는 재미없었다. 성경 이곳저곳을 인용하며 설교했는데, 결론은 늘 교회 열심히 나오고 기도 열심히 하라는 것이었다.

주일마다 교회 나가 김현숙을 보다 보니 토요일엔 지수를 만나고 일요일엔 김현숙을 만나는 꼴이 되었다. 나는 예배 후 중고등부 학생이 함께 모여 활동하는 시간이 좋았다. 그 시간 고한결 형은 우리에게 많은 이야기를 들려주었다. 한결이 형은 무엇보다 교육 문제에 관심이 많았다. 그는 대학을 졸업한 후 교사가 될 거라고 했다.

한결이 형은 우리 사회의 가장 큰 문제가 경쟁주의라고 하였다. 그리고 우리나라 교육의 가장 큰 문제도 학교 간 지나친 순위 경쟁과 학생들 사이 성적에 따른 경쟁이라고 하였다.

"경쟁주의 교육은 아이들에게 은연중 가치 없는 사람도 있다는 생각을 갖게 해. 경쟁주의의 특징이 승자와 패자를 확실히 나누는 거잖아. 경쟁에서 이긴 사람은 진 사람을 지배해도 좋고, 진 사람은 이 사회에서 쓸모없는 사람으로 취급당하고. 이기는 것만 강조하는 경쟁교육은 친구를 보살피거나 도와줘야 할 사람이 아닌 이겨야 할 대상으로 보게 하잖아?"

그러면서 형은 집단 따돌림이나 학교 폭력 문제도 이 경쟁주의 교육에서 비롯되는 것이라고 하였다.

"요즘 학교 폭력 문제로 시끄럽잖아? 여러 가지 원인이 지적되고 해결책이 제시되고 있지만, 문제는 경쟁주의에 있어. 경쟁주의가 극복되지 않는 한 학교 폭력 문제는 해결될 수 없어. 폭력이 뭐야? 인간이 인간을 인간으로 대하지 않는 것이잖아."

나는 한결이 형 말을 들으며 솔직히 쪽팔려 얼굴을 들 수 없었다. 김현숙만 아니더라도 그렇게 쪽팔리진 않았을 것이다.

그렇지만 나는 한결이 형 말을 경청했다. 형은 이런 비유를 자주 했다. 말을 키우는데, 말을 가둬 놓으면 신경이 날카로워지고 사나워져 결국엔 사고를 친다는 것이다. 사람도 마찬가지라고 했다. 지금처럼 오로지 성적에 의한 경쟁 논리에 아이들을 쥐어짜다 보면, 인성이 파괴되고, 그 피해는 결국 우리나라 사람 전체의 인간성 파괴로 이어진다는 것이다.

그렇게 말하는 한결이 형도 뾰족한 해결책은 없는 것 같았다. 교사와 학부모들의 의식 하나하나가 바뀌지 않으면 안 된다는 말 외에 더 하는 말이 없었다.

나는 편지를 써서 희남일 통해 김현숙에게 전했다. 최대한 내 마음을 그럴 듯하게 표현하기 위해 나는 날밤을 새워 인터넷을 뒤졌다. 내가 편지를 전해 주었냐고 물으면 희남인 하회탈 같은 얼굴에 히죽히죽 웃음을 띠며 그랬다고 했다. 그러나 나는 믿을 수 없었다. 희남이 원래 밑도 끝도 없이 헤헤거리는 데다 정신없이 지껄여대기 때문에 그 애 말을 어디까지 믿어야 할 지 몰랐다.

아무리 편지를 써도 김현숙한테선 아무 반응이 없었다. 나는 그녀만 보면 가슴이 요동치고 얼굴이 붉게 달아오르는데, 그녀는 아무 감정의 변화 없이 여느 때처럼 나를 대했다. 편지 말고 다른 수단을 써 볼까도 생각했다. 핸드폰으로 문자를 날리든가 교회 끝나고 집에 갈 때 직접 말을 걸어 보든가 말이다.

희남의 말대로 나는 정말 그녀에게 오르지 못할 나무가 아닌가 생각되었다. 편지를 전해 달라고 할 때마다 희남인 나에게 "꿈 깨세요." 하며 키득거렸다. 하지만 열 번 찍어 안 넘어 가는 나무가 없다지 않은가. 그녀에게서 아무 반응이 없을수록 나는 몸이 달았다. 증진중학교 같은 양아치 학교에 다닌다는 것이 정말 그렇게 창피할 수 없었다. 그것만 아니라면 나는 분명 그녀에게 보다 더 적극적으로 대쉬할 수 있었을 것이다.

그런 면에서 보면 이지수는 정말 좋은 아이였다. 김현숙이 대리석처럼 차고 조용한 아이라면 이지수는 흙덩이처럼 주무르기 쉬운 물렁한 아이였다. 지수는 술도 잘 마셨다. 담배도 피웠다. 술 마시고 우는 때도 가끔 있었지만 늘 명랑하고 밝았다. 키스를 하거나 가슴을 만져도 가만있었다. 바지 지퍼를 내리는 것만 반대하고 나머지는 모든 것을 허락했다.

내가 이지수와 김현숙에게 빠져드는 사이, 두배도 명애와 만나는 횟수가 더 잦아졌다. 처음엔 두배가 우리 집에 와 만나더니 차츰 명애가 두배네 집에 가는 것 같았다. 두배네 집엔 낮에 아무도 없었다. 엄마 아버지가 과일 장사를 하기 때문에 집은 늘 비어 있었다. 두배 말에 의하면 그들은 만나면 키스는 기본인 것 같았다. 두배는 나에게 "와우, 정말 장난 아냐. 애기 머리통 만해." 하며 빙긋빙긋 웃었다. 명애 가슴이 그렇게 크다는 말이었다.

그런 어느 날.

급식 먹고 나는 잽싸게 운동장 개구멍 밖으로 나갔다. 두배 외에 몇 명이 먼저 나와 담배를 피워대고 있었다. 푸르스름한 연기가 건듯건듯 춤을 추며 하늘로 흩어졌다.

"야, 너 언제 우리 동네 올래?"

두배가 침을 찍 갈겼다.

"동네 형들이 한번 보자는데."

"동네 형 누구?"

"있어. 흑곰 형하고 종석이 형이라구."

"그 형들이 왜?"

"어, 내가 말했거든. 내 친구 중에 이런 애가 있는데, 아주 괜찮다고."

"그 형들, 몇 학년이야?"

"흑곰 형은 학교 안 다녀. 종석이 형은 고3?"

두배가 나를 보며 콧잔등을 찡긋거렸다.

"이번 주 시간 없냐?"

"시간이야 많지."

"그럼, 오늘 갈래?"

"오늘은 그렇고 모레 수요일 어때?"

"수요일도 좋아."

"그 형 야자 안 해?"

"그런 거 안 할 거야. 학교 끝나면 일찍 오더라."

"땡까는가 보네."

"그럴 거야. 그 형이 야자 같은 거 할 리가 없어."

나는 두배네 동네에 가기로 약속했다.

수요일.

두배와 함께 학교를 나왔다. 수업 끝나고 집에 곧장 가는 아이들은 많지 않았다. 7교시 후 방과 후 학교 때문이었다. 방과 후 학교는 교과 보충과 특기 적성으로 이루어졌는데, 대부분 아이들이 교과 보충을 했다. 일제고사가 시행된 후 학교마다 교과 보충이 전면적으로 실시되었고, 특히 중3의 경우 한 문제라도 더 풀어 좋은 고등학교에 가기 위해서였다.

학교에서 나와 PC 방에 갔다. 형들과 약속한 시간이 남아 어디서 시간을 죽여야 했다. PC 방 집 아줌마가 계산대 위에 놓인 조그만 TV에 눈길을 주고 있다. 화장한 얼굴이 햇빛에 화사하다. 우리가 들어서자 고개를 끄덕이며 눈인사했다.

한 시간쯤 있다 PC 방을 나왔다. 시내버스 라디오에서 여섯 시 뉴스가 흘러나왔다. 우린 곧장 두배네 동네로 갔다.

영도 아파트 쪽 중국집으로 갔다. 후미진 건물 이층에 만리장성이라는 중국집이 있다. 탁자 두 개가 겨우 놓일 만큼 홀은 비좁았다.

“흑곰 형 있어요?”

두배 말에 아저씨가 주방에 대고 누군가를 불렀다. 잠시 후 체육복 차림의 거구가 슬리퍼를 끌며 나왔다.

“왔나? 들어가.”

흑곰 형이 나와 두배를 번갈아 보며 턱 끝으로 방을 가리켰다. 방은 화장실 옆에 붙어 있는 골방이었다. 손님도 받고 밤에 사람이 자는 것 같았다. 흑곰 형이 문을 열고 앞서 들어갔다. 벽에 붙은 스위치를 올리자 형광등에 불이 들어왔다.

“앉아.”

형이 먼저 앉고 우리가 따라 앉았다. 형은 얼핏 보기에 키 190에 몸무게 백 킬로가 넘는 거구였다. 눈썹이 짙고 눈이 부리부리하며 얼굴과 턱이 거무스름했다. 인상만 한 번 긁어도 웬만한 사람은 기가 질려 버릴 그런 모습이었다.

“인사드려. 흑곰 형이야.”

두배 말에

"안녕하세요. 안평대라고 합니다. 두배하고 같은 학교 다니고 있습니다."

나는 나도 모르게 목소리를 깔아 정중하게 인사했다. 흑곰 형이 나를 훑어보며 고개를 가볍게 끄덕였다.

"너 담배 피우냐?"

나는 네, 대답했다.

"피우면 피워."

그러면서 형이 담배와 라이터를 꺼내놓았다.

"종석이 형은 안 오세요?"

"걔도 온다고 했는데."

그러면서 형이, "가만 있어봐. 니들 뭐 먹을래? 탕수육에 고량주 한 도꾸리 할래?" 하며 자리에서 일어났다.

형이 밖에 나간 사이 두배가 흑곰 형에 대해 말해주었다. 학교 안 짤렸으면 고3이라는 것. 작년에 그 학교 짱하고 붙었는데, 짱이란 놈을 복도 벽에 패대기쳐 골통이 깨지고 어깨뼈가 나갔다는 것. 학폭위(학교폭력대책위원회) 회의 결과 권고 전학이 떨어졌는데, 그 참에 아예 학교 때려치워 버렸다는 것. 그러면서 말했다.

"저 형이 이 집 아들이야."

나는 흑곰 형이 중국집 아들이란 말에 놀랐다.

"지금 뭐하냐?"

"놀아. 자격증 따려고 학원 다닐 걸. 여기 주방도 보고."

"무슨 학원?"

"광케이블 설치 기사 자격증이래."

"그게 뭔데?"

"나도 잘 몰라. 아마 전기 통신에 필요한 무슨 케이블 같은 건데……."

나는 무슨 말인지 이해가 되지 않았다. 두배가 탁자 위 컵에 물을 따라 벌컥벌컥 들이켰다.

밖에 인기척이 나면서 흑곰 형 목소리가 들렸다. 종석이 형이 온 것 같다며 두배가 벌떡 일어나 문을 열었다. 나도 엉겁결에 따라 일어섰다. 흑곰 형이 종석이 형에게 방에 들어가 있으라며 다시 주방으로 갔다. 종석이 형이 들어섰다. 두배가 허리를 꺾어 냉큼 인사했다. 나도 따라 인사했다.

"얘가, 니가 말한, 누구라고?"

종석이 형이 선 채로 나를 훑어보았다.

"안평대라고 합니다. 두배 친구예요."

"어, 그래."

종석이 형이 자리에 앉았다. 종석이 형은 외모부터 흑곰 형과는 완전 대조적이었다. 키 175 정도에 몸무게 70킬로도 안 될 마른 몸이었다. 갸름한 얼굴에 여자 뺨치게 고운 피부. 머리만 기른다면 웬만한 여자는 저리가라였다.

그런 그가 태권도 5단에 합기도 2단이라고 했다. 게다가 깡이 좋아 한번 붙으면 피를 보더라도 끝장을 내고야 만다고 했다.

나는 종석이 형을 보며 묘한 기분에 사로잡혔다. 이지수 생각이 나서였다. 두배가 전에 지수에게 한 말 "종석이 형이 너 먹었지?" 라는 말이 생각났고, 그 말에 신경질 내던 지수의 모습이 떠올랐다.

흑곰 형이 음식이 담긴 쟁반을 들고 들어왔다. 나와 두배가 벌떡 일어나 쟁반을 받았다. 큰 유리그릇에 이제 막 튀겨 낸 탕수육이 들어 있고, 사기 대접에 탕수육 소스가 들어 있다.

"종석이 넌 소주보다 고량주 좋아하지?"

흑곰 형이 종석이 형 잔에 고량주를 따랐다.

"니들도 한 잔 해."

종석이 형이 우리 잔에 술을 따랐다.

"이게 몇 도냐 하면 56도야. 라이터로 불붙이면 불이 확 붙는다."

종석이 형이 술을 쟁반에 쏟아 불을 붙였다. 순식간에 푸른 불꽃이 화라락 일어났다.

잔을 들어 한 입에 털어 넣었다. 술이 독해 숨이 컥 막혔다. 기침이 나오려는 것을 억지로 참으며 꿀꺽 삼켰다. 화끈한 불기운이 뱃속을 향해 일직선으로 내려갔다.

"두배한테 들었겠지만, 우리 삼성파에 들어오려면 가입식을 해야 한다."

흑곰 형이 탕수육을 질근질근 씹으며 말했다. 나는 두배를 쳐다보았다. 그동안 삼성파에 관한 이야기는 한 번도 듣지 못해서였다. 나는 속으로 긴장했다. 삼성파가 무엇인가? 그리고 가입식은?

흑곰 형과 종석이 형이 잠시 자기들끼리 말을 주고받았다. 그들은 포촌동 패라는 말을 입에 올리며 이런저런 이야기를 했다. 포천동 하면 이지수가 사는 동네 아닌가? 나는 속으로 아마도 그쪽에도 우리처럼 노는 애들이 있고, 조직이 있나 보다 생각했다. 그러면서 한 가지 의문이 일었다. 지수가 왜 자기 동네에서 놀지 않고 이쪽에 와서 놀까?

"너 운동 많이 한다며?"

종석이 형이 나에게 물었다. 내가 우물쭈물 특별히 하는 것 없다고 하자,

"애요? 기계체조 끝내줘요."

두배가 나를 향해 엄지손가락을 세웠다.

"기계체조?"

"예. 평행봉은 말할 것 없고 철봉, 텀블링, 공중 회전, 책상에서 뛰어내리면서 공중 회전을 한다니까요."

두배가 열을 올렸다.

"그래? 어쩐지 맷집이 좋아 보이는데."

형이 내 팔과 허벅지를 손가락으로 꾹꾹 눌렀다.

"언제 할래? 가입식."

흑곰 형이 나와 두배를 바라보았다. 흑곰 형 말에 문득 머릿속에 한 가지 생각이 스쳐 지나갔다. 조금 있으면 보게 될 중간고사였다. 시험이라고 하여 공부할 것은 아니지만 그래도 마음이 불안한 건 사실이었다.

# 중간고사

담임이 들어와 시험 시간을 발표했다. 중간고사는 예체능 과목을 빼고 3일 동안 보았다. 담임이 강조한 것은 그러나 중간고사가 아니었다. 중간고사 후에 보는 일제고사였다. 학교에서는 이미 이 시험에 대비하기 위해 지난 한 달 동안 집중적으로 문제를 풀었고, 중간고사 시험 날짜도 일부러 일제고사 앞에 배치하여 학교 전체가 일제고사 대비로 휩싸이게 하였다.

"이번에 보는 일제고사가 얼마나 중요한지는 니들이 더 잘 알 것이다. 중간고사야 물론 내신 성적에 들어가니까 중요하지만, 일제고사는 그 성적을 참고로 니들 고입 원서를 쓴다는 것 다 알지? 일제고사 성적을 봐야 다른 학교에 비해 니들 성적이 어느 정도인지, 또 어느 학교에 갈 수 있는지 판단할 수 있기 때문이다."

담임이 장구채를 세워 턱을 바친 채 말했다. 교실 공기가 무겁게 가라앉았다. 아이들이 머리를 숙인 채 아무 말도 하지 않았다.

"야, 이놈들아. 공부를 하든 안 하든 시간표라도 적어둬라."

담임이 장구채를 꼬나들고 천천히 뒤로 걸어왔다. 그제야 아이들이 시험 시간표를 적느라 부산하게 움직였다. 나도 아무 공책이나 찢어 시간표를 적었다. 교실 벽에 걸려 있는 '쥐' 사진이 세모진 눈을 오꼼하게 뜨고 우릴 쏘아보았다.

나는 시험, 공부라는 말만 나와도 진흙덩이가 가슴에 얹힌 듯 속이 답답했다. 나도 진짜 공부를 잘하고 싶었다. 그러나 공부라는 말만 들어도 심장이 쿵쿵 뛰고 머리가 지끈거렸다. 책을 펴고 앉으면 눈앞이 오리무중이었다. 안개가 낀 듯 뿌애지다 얼마 후 졸음이 달콤한 악마의 속삭임으로 몰려왔다.

공부 하면 떠오르는 사람은 단연 우리 육촌 형과 김현숙이었다. 육촌 형이야 전부터 공부 도사였으니 말할 것도 없지만, 김현숙을 생각하면 나는 다시 기가 죽었다. 특수 명문중학교에 다니는 것은 물론이고 영어를 잘해 외고에 간다지 않은가. 외고가 어떤 곳인가? 나 같은 지질이는 꿈도 꿀 수 없는 곳 아닌가? 나도 그녀처럼 정말 공부를 잘해서, 그녀가 보기에 가치 있는 사람이 되고 싶었다.

나는 이번 시험에 공부를 한번 열심히 해 보기로 마음먹었다. 어떻게 할까? 혼자 하느니 희남이 하고 같이 하는 게 낫겠다 싶었다. 혼자 하면 금방 졸리고 모르는 게 있어도 물어볼 수 없다. 희남인 나보다 공부를 잘했다. 공부 잘하는 순서로 보면 희남이, 나, 두배 순이었다. 희남인 반에서 중간, 나는 중하, 두배는 거의 꼴찌였다.

나는 희남이네 집에서 공부를 하다 왔다. 시험 끝날 때까지 나는 지수를 만나지 않기로 했다. 우린 공부한다고 모여 잡담만 했다. 두배와 명애에 대해, 그리고 김현숙에 대해. 흑곰 형과 종석이 형에 대해. 그러나 나는 그들이 말한 삼성파에 대해서는 이야기하지 않았다.

# 커닝!

중간고사는 하루 세 시간씩 보았다. 1•2교시 시험, 3교시 자습, 4교시 시험. 그리고 급식 먹고 집에 갔다. 시험 기간에 학교가 일찍 끝나는 게 좋았다. 그러나 한편 그게 좀 안 좋기도 하였다. 우리 같이 공부하고 담 쌓은 애들은 일찍 집에 가도 할 일이 없었다. 물론 시험 공부한다며 집에 있긴 했지만 공부를 하는 건 아니었다. 애꿎은 담배만 죽이며 킬킬거렸다.

아예 때려 치고 놀기엔 마음이 또 허락하지 않았다. 누군가 목덜미를 잡아당기는 듯 한 불안감 때문이었다. 우리도 이렇게 가다가는 인생 종친다는 걸 누구보다 잘 알고 있었다. 끝이 빤히 보이기 때문이다. 고등학교도 또 양아치 학교에 다니다 지질이로 졸업하고, 군대 갔다 오면 할 일이 없다는 걸 우리도 알

만큼 알고 있었다.

"에씨. 시험을 하루나 이틀에 몰아 보고 나머지 시간 학교에 나오지 말라고 했으면 좋겠다."

희남이 엎드려 발을 덜렁덜렁 흔들었다.

"누구 좋으라고?"

"누구긴 누구? 애들도 좋고 꼰대(선생)도 좋잖아."

"야, 쓸데없는 소리 말고 수학이나 공부해."

내가 볼펜을 입에 물고 담배 피우는 시늉을 했다.

"수학이 맨 마지막 시간이지?"

"응."

"이번 시험에 50점 이하는 1점에 한 대라고?"

"그래."

"어우, 진짜 좆 빠졌다."

희남이 켈켈대며 인상을 찌푸렸다.

수학 선생 별명은 미친개였다. 학생부장만 12년 했다는 그는 교문을 지킬 때도 누구보다 악랄했다. 그는 일 분 일 초도 봐주지 않았다. 7시 50분이면 어김없이 교문을 닫았고, 그 후 들어오는 아이들을 잡아 아예 떡을 만들어 놓았다.

아이들은 그의 잔악 행위를 고발하기 위해 교육청 인터넷에 글을 올렸다. 체벌 장면과 가위로 머리를 자르는 사진도 같이 올렸다. 그런데도 그는 끄떡 안 했다. 오히려 조회 시간에 마이크를 잡고 글 올린 놈을 찾아내 퇴학시켜 버리겠다고 으름장을 놓았다.

시험 전 쉬는 시간.

나는 부반장 박원구를 화장실로 불렀다. 화장실엔 아무도 없었다. 나는 원구를 구석으로 데리고 가 단도직입적으로 말했다.

"야, 좀 보여 줘라."

내 말에 원구가 눈을 휘둥그레 떴다.

"수학만 보여 줘. 너도 알잖아? 미친개가 어떤지."

"그걸 어떻게 보여 줘?"

"다 방법이 있어. 니가 마음만 먹으면."

"어떻게?"

"내가 시험 끝날 때쯤 컴퓨터용 사인펜이 없다고 하면, 그때 니가 빌려 줘."

원구는 나와 옆줄 대각선으로 앉아 있기 때문에 마음만 먹으면 가능한 일이었다.

"그래서?"

"답을 적어 사인펜 뚜껑 속에 넣어 던져 주기만 하면 돼."

"그러다 걸리면."

"안 걸려, 임마. 내가 아까 교무실에 갔는데, 이번 시험 감독이 도덕 선생이라더라. 너도 알잖아, 그 코털. 노땅이라 신경도 안 써."

원구 얼굴에 불안해하는 기색이 역력했다.

"학부모 감독도 들어오잖아?"

"학부모야 들어와 봤자지. 한쪽에 서 있다 나가는데, 뭘."

"그래도 안 돼."

원구가 얼굴을 붉히며 거절했다.

"니가 이번 한 번 보여 주면……."

"보여 주면?"

"내가 계집애 하나 소개시켜 줄게."

내 말에 원구가 싫다고 했다. 그가 나를 밀치며 밖으로 나가려 했다. 내가 그의 어깨를 확 잡아챘다. 원구를 구석에 몰아넣고 두 팔로 벽을 짚은 채 다시 말했다.

"야, 좀, 그렇게 해 줘라. 내가 계집애 하나 소개시켜 준다니까."

"그러다 걸리면 어쩌려고?"

그때였다. 시험 시작을 알리는 종소리가 났다. 원구가 나를 밀치며 교실로 뛰어갔다. 내가 원구 뒤에다 "알아서 해, 안 그러면 죽는다." 소리쳤다.

시험이 시작되었다. 시험지를 받아보니 역시 아는 게 하나도 없다. 엎드려 있을까 하다 푸는 시늉을 했다. 교실이 숨소리 하나 들리지 않을 정도로 조용하다. 도덕 선생이 교실 앞에 서 있고, 학부모 감독이 뒤 출입문 쪽에 서 있다. 곁눈질로 원구를 보았다. 문제 푸는 모습이 눈에 들어왔다. 시계를 보았다. 끝나려면 아직 30분 남았다. 책상에 엎드렸다. 일이 이렇게 된 이상 모든 것을 원구에게 맡기는 수밖에 없었다.

잠시 후 고개를 들었다. 10분밖에 시간이 남지 않았다. 잠깐 엎드려 있다는 게 벌써 20분이 지났다. 다시 원구를 곁눈질로 살폈다. 문제를 다 풀었는지 답안지를 만지작거렸다.

"저, 사인펜이 없는데요."

내 말에 학부모 감독이 내게로 다가왔다. 그러는 모습을 도덕 선생이 안경 너머로 지켜보았다. 그때였다. 원구가 사인펜 하나를 내게 던졌다. 사인펜이 책상 밑으로 또르르 굴러들어갔다. 허리를 굽혀 주으려 했으나 손에 닿지 않았다. 학부모 감독이 주워 책상에 올려놓았다.

그런데 문제가 생겼다. 학부모 감독이 원래 자리로 돌아가지 않고 내 옆에 서 있는 것이 아닌가. 나는 머리칼이 쭈뼛대고 심장이 터질 것 같았다. 도덕 선생이 시간이 얼마 없으니 마지막 확인을 하라고 조용한 어조로 말했다. 시계를 보았다. 5분밖에 남지 않았다. '제발 좀 저리 가라. 저리 가라.' 나는 속으로 주문을 외듯 부르짖었다. 그런데도 학부모 감독은 자리를 뜨지 않았다. 이제 결단을 내려야 했다. 그대로 답안지에 마킹을 하든가, 원구가 보내준 답을 보고 하든가.

학부모 감독이 몸을 돌려 다른 곳을 바라보았다. 나는 숨을 깊이 들이쉬어 어깨를 최대한 부풀렸다. 감독의 시야를 가리기 위해서였다. 고개를 숙이고 사인펜 뚜껑을 열었다. 새끼손톱보다 작게 말린 종이가 나왔다. 시험지 가장자리를 찢어 만든 커닝 페이퍼였다. 숨이 막혔다. 왼손으로 페이퍼를 편 채 답을 적었다. 그런데 이상했다. 문제가 모두 25 문항인데 적힌 답은 15개 밖에 없었다. 그렇다고 자세히 살펴볼 겨를도 없었다. 나는 우선 15번까지 원구가 보내온 답으로 마킹했다.

"어떻게 된 거야?"

시험 끝난 후 원구에게 물었다.

"끝까지 다 쓰면 종이가 너무 커져서 뚜껑 안에 들어가기 어렵겠더라."

원구에게 고맙다고 했다. 계집애 소개시켜 주기 전 오늘 당장 한턱 쏘겠다고 했다. 답을 맞춰 보았다. 잘하면 50점, 그렇잖으면 그 이하일 것 같았다.

점심시간.

시험이 끝나자마자 복도에 중간고사 임시 등수표가 나붙었다. 원래는 학생 확인을 거쳐 최종 성적표가 나와야 하지만, 우선 임시로 상위권 학생 답안지를 가채점하여 붙여 놓은 것이다. 아이들이 몰려들었다. 전교 1등에서 50등까지 석차 순으로 쫙 붙어 있다. 우리 반 일이 등은 역시 반장인 이경훈과 부반장 박원구였다.

6교시 수업 후 나와 희남이 교실을 나설 때였다. 두배가 헐레벌떡 다가왔다. 그의 얼굴이 구겨진 종이처럼 찌부러져 있다. 게다가 한쪽 다리마저 절뚝거리고 있지 않은가.

"왜 그래, 너?"

"어우, 진짜. 좆 됐다."

두배가 이를 앙다물었다.

"다린 왜 그래?"

희남이 만지려 하자 두배가 손을 내저으며 가까이 오지 못하게 했다.

"6교시가 수학 시간이었잖아, 미친개 시간."

매 타작이 시작되었다는 것이다.

"몇 대나 맞았냐?"

"서른다섯 대."

"몇 점인데?"

"15점."

50점 이하는 1점에 한 대씩이라고 했는데 정말 그렇게 때린 것이다. 마음속에 어둡고 컴컴한 그늘이 드리워졌다.

두배는 제대로 걷지도 못했다. 내가 가방을 들어주었다. 우린 PC방으로 갔다. 시험 끝난 오후라 PC방에 아이들이 몰려 있었다. 우리가 들어서자 아이들 눈길이 절뚝거리는 두배에게 쏠렸다.

"뭘 봐, 새끼들아."

두배가 바닥에 침을 깔기며 인상을 북 긁었다.

"두배 학생 왜 그래?"

아줌마가 놀라 다가왔다. 두배가 의자에 한쪽 엉덩이를 걸친 채 담배를 빼 물었다.

"누구하고 싸웠어?"

"아녜요."

"근데 왜 그래?"

나나 두배나 아무 말도 하지 못했다. 시험 못 봐 맞았다고 하기엔 자존심이 너무 상했기 때문이다.

"이리 와 봐, 이리."

아줌마가 두배 팔을 잡고 계산대 쪽으로 갔다. 바지를 내려 보니 양쪽 허벅지에 피멍이 들고, 한쪽은 살이 터져 피가 흘렀다. 끔찍했다. 맥박이 빨라지고 심장이 싸늘하게 얼어붙었다.

"선생한테 맞았지?"

아줌마가 허리를 굽혀 상처를 살펴보았다. 블라우스 사이 아줌마의 젖가슴이 눈에 들어왔다.

"확 죽여 버리겠어."

두배가 허공을 보며 이를 갈았다. 그의 얼굴이 험하게 일그러졌다. 눈에 눈물이 고였다. 아줌마가 휴지로 허벅지의 핏물을 닦아낸 후 안티푸라민을 가져왔다.

"이거라도 발라야 하지 않을까?"

"쓰라릴 것 같은데요."

"그럼 뭘 바르지?"

"연고 없어요?"

아줌마가 없다고 했다. 내가 밖으로 달려 나갔다. 약국에 가 상황을 설명했다. 약사가 거즈와 소독약 연고를 주었다.

"그러니까 선생님 말씀 잘 들어야지."

아줌마가 두배 상처에 약을 바르며 말했다. 그러는 아줌마 모습에 가슴 속 따뜻한 기운이 번져 나갔다.

# 우리들의 비극

두배네 집으로 갔다. 아무도 없는 방 안에 햇살이 가늘게 비쳐 들었다. 우린 라면을 끓여 그것을 안주로 소주를 마셨다. 두배가 병째 나팔을 불었다. 입 속으로 쏟아져 들어가는 소주가 병 속에서 쿨렁거렸다.

"씨바, 확 죽여 버릴 거야."

두배가 담배를 피워 물며 이를 갈았다. 소주를 마신 속에 뜨거운 라면 국물이 들어가자 뱃속이 짜릿하고 정신이 알딸딸해졌다.

"이걸 그냥 확 까 버릴까?"

"니가 직접?"

"아니면 흑곰 형에게 부탁할까?"

나와 두배 사이 오가는 말을 이해 못한 듯 희남이 눈을 동그랗게 떴다. 다른 때와는 달리 희남의 표정이 심각했다.

"어우, 진짜 열 받아. 서른다섯 대가 뭐냐, 서른다섯 대가."

두배가 엉덩일 들어 자리를 고쳐 앉았다.

"우린 내일 몇째 시간이지?"

"뭐, 수학? 내일 2교시 아냐?"

"내일 하루 땡땡이 까고 학교 가지 말까?"

"그런다고 그냥 넘어가겠냐?"

"교육청에 또 글 올려?"

"그래봤자 소용없는 인간이잖아."

"할 수 없어. 그냥 골통을 까버리는 수밖에."

두배 목소리가 부루퉁했다. 갑자기 수학 선생이 거대한 바위처럼 느껴졌다. 비켜갈 수도 뚫고 나갈 수도 없는 바위.

정말 이상했다. 학생 체벌에 대해 금하라는 언론 보도가 잇달아 나오고 정책이 펼쳐지면서 다른 선생들은 학생을 대할 때 사뭇 조심하는 분위기였다. 그러나 학생부장 수학은 한마디로 막무가내였다. 그에게 걸리면 무조건 얻어맞은 다음에 무슨 말을 하더라도 해야 했다. 그는 아이들을 패고 잡도리하는 일이 교사의 절대적 임무인 듯 수행하고 있었다.

"야, 그런 게 무슨 선생이냐?"

감정이 끓어올라 내가 말했다.

"맞아. 요즘이 어떤 세상인데 서른다섯 대나 패."

"그런 건 선생은커녕 인간도 아냐. 그러니까 별명이 미친개지."

"말은 공부 열심히 하라고 그런다지만, 그렇다고 누가 열심히 하냐?"

"그러니까 직접 까 버리는 수밖에 없다니까."

"그랬다가 어쩌려고?"

"뭘, 어째? 같이 인생 종치는 거지."

내가 다 피운 꽁초를 소주병 속에 밀어 넣었다. 거꾸로 처박힌 꽁초에서 푸르스름한 연기가 솟아올랐다. 두배가 일어나 싱크대 위 환풍기를 틀었다. 멀리 비행기 떠가는 소리를 내며 환풍기가 맹렬하게 돌았다.

"야, 청산가리가 어떨래나?"

한동안 말이 없던 두배가 갑자기 정색을 하고 말했다.

"청산가리? 그건 뭐하게?"

"미친개 확 죽여 버려야지. 그 집 가서 밥솥에 확 풀어 버리려고."

"청산가리는 구하기 어려울 걸."

내 말에 그것은 맹독성 물질이기 때문에 아무한테나 팔지 않을 것이라고 희남이 말했다.

"쥐약은? 아니, 그 집에 꼬맹이 있으면 확 납치를 해 버릴까?"

"조그만 애는 없을 것 같은데. 나이가 좀 많잖아?"

"아직 오십은 안 됐어. 사십 중반?"

"사십 중반이면 우리 같은 자식이 있을 거 아냐? 중딩이나 고딩?"

"납치를 하더라도 니가 직접 하지 말고 흑곰 형이나 종석이 형한테 말하면 어떨까?"

내 말에 두배가 고개를 가로저었다.

"쥐약은 쉽게 구할 수 있겠지?"

"그렇겠지. 쥐약은 인터넷에서도 파니까."

"쥐약으로 하자. 쥐약을 사다 그 집 밥솥에 확 뿌려 버리는 거야. 먹고 뒈지게."

두배가 말하며 라면 국물을 숟가락으로 퍼 올렸다.

"근데 그 미친개 집은 알아?"

"학교 홈피에 없냐?"

"거긴 안 나올 걸."

"집 아는 거야 간단하지. 선생들 퇴근할 때 교문 앞에 택시 대놓고 있다 뒤따라가면 돼."

"좋아. 그럼 그렇게 하자. 내일 당장 집을 알아 두고 쳐들어가는 거야."

두배가 낮은 목소리로 으르렁거렸다.

# 찢긴 등수표

다음 날.

학교가 발칵 뒤집혔다. 누군가 어제 복도 벽에 붙여 놓은 중간고사 등수표를 갈기갈기 찢어 버린 것이다. 아이들이 수군거렸다.

"누가 그랬지?"

"몰라."

"어제 학교 끝나 집에 갈 때도 그대로 붙어 있었거든."

"밤에 누가 들어왔나?"

"밤엔 못 들어오지. 보안 장치가 돼 있는데."

"희한하다. 그럼 누가 찢었지?"

"교무실 복도 것만 찢은 거야?"

"그런가 봐. 그것도 3학년 것만. 다른 학년은 그대로 있던데."

"그래? 누가 찢었는지 몰라도 잘 찢었다. 그런 건 아예 붙여놓질 말아야 돼. 공부 잘하는 애들만 인간이냐? 성적 처리하는 컴퓨터도 박살내 버려야 돼."

아이들이 삼삼오오 웅성거렸다. 담임이 들어왔다. 아이들이 잽싸게 흩어져 자리로 돌아갔다. 담임이 아무 말 없이 아이들을 휘 둘러보았다. "안 온 사람 없지?", 혼잣말처럼 말하며 출석부를 펼쳤다.

"조회 끝나면 곧장 강당으로 간다."

담임 목소리가 갈라져 있었다. 강당으로 갔다. 교장 훈화가 있고 난 후 학생부장이 단상에 올라왔다.

"지금부터 1 · 2 학년은 교실에 들어가 수업 준비하고, 3학년은 자리에 남는다. 3학년 담임 선생님, 그리고 체육 선생님, 같이 강당에 남아 주세요."

학생부장 목소리가 우렁우렁 울렸다.

"전부 그 자리에 무릎 꿇고 앉아. 두 손을 자기 무릎 위에 올려놓고 눈 감아. 고개 숙여!"

미친개가 으르렁거렸다.

"담임 선생님들은 각 반 앞에 나와 서 주세요."

담임들이 반 앞에 나와 섰다. 체육 선생들이 아이들 사이를 헤집고 다녔다.

"여러분도 이미 알고 있을 것이다. 어제 교무실 복도에 붙여 놓은 중간고사 등수표를 누군가가 찢었다. 틀림없이 이 중에 있는 어느 놈의 소행이다. 지금부터 3분을 준다. 지금 이 시간에 자수하여 나오면 모든 걸 없던 일로 용서한다. 그러나 이 시간에 나오지 않으면 너희는 이따 7교시에 다시 강당에 모여 기합을 받는다. 그런데도 안 나오면 경찰에 내가 직접 신고하겠다. 학교 기물 파손 죄로 말이다. 자, 전부 눈 감어. 지금부터 3분이다. 찢은 사람은 조용히 오른손을 들어."

사방이 고요했다. 옆 사람 침 삼키는 소리마저 들리는 듯했다. 나는 속으로 시간을 쟀다. 일초, 이초, … 사십 초, 사십오 초…. 그때였다. 퍽! 몽둥이로 샌드백 치는 소리와 함께 한 아이의 비명이 강당의 고요를 찢었다.

"눈 감으라고 했다!"

체육이 바로 옆에서 낮은 소리로 을러댔다. 나는 눈을 질끈 감았다.

"좋아. 안 나온단 말이지? 끝까지 자기 양심을 속이겠단 말

이지?"

학생부장이 마이크를 잡고 침을 튀겼다. 우린 그대로 눈을 감고 있었다.

"다시 한 번 기회를 준다. 앞으로 1분, 1분 안에 나오면 용서한다. 찢은 사람은 조용히 손을 들어."

다시 무거운 침묵이 우리를 짓눌렀다.

"좋아. 끝까지 안 나온다면, 전체 일어섯!"

학생부장 말에 눈을 뜨고 일어섰다. 접혔던 다리가 펴지면서 몸이 휘청거렸다. 눈에 푸른색 필터를 끼운 것처럼 사물이 갑자기 푸르스름하게 보였다. 나는 눈을 깜박이며 머리를 흔들었다. 그제야 사물의 윤곽과 거리감이 제대로 눈에 들어왔다.

"각 반 좌우 밀착!"

학생부장 말에 담임과 체육이 다시 아이들 사이를 헤집으며 "좌우 밀착!"을 외쳐댔다. 아이들 어깨가 바짝 맞닿았다.

"지금부터 어깨동무하고 쪼그려 뛰기를 실시한다. 쪼그려 뛰기 오십 번. 하는 중간에 요령 피우는 놈 있으면 담임 선생님, 그리고 체육 선생님, 그런 놈들은 바로 잡아서 앞으로 보내 주세요."

그러면서 학생부장이 구령을 붙였다. 하나에 양심, 둘에 불량! 우린 구령소리에 맞춰 쪼그려 뛰기를 했다. 앉았다 일어섰다를 반복하며 그때마다 발을 앞뒤로 바꾸었다. 아이들이 내지르는 소리가 강당에 쩌렁쩌렁 울렸다. 어깨동무를 한 인간의 띠가 파도처럼 너울거렸다. 나는 이를 악물었다. 횟수가 늘어나면서 숨이 가빠오고 허벅지 근육이 끊어질 듯 아팠다.

"양심, 불량! 양심, 불량!"

호흡이 가빠오고 땀이 쏟아졌다. 입안이 바짝바짝 타들어 갔다. 날콩을 씹었을 때와 같은 비릿함이 목구멍을 타고 넘어 왔다. 끝도 없이 되풀이되는 쪼그려 뛰기. 누구든 힘들다고 멈출 수 없었다. 사람을 하나의 끈으로 엮어 놓은 듯 어깨동무를 한 우리들은 구령이 떨어지면 그대로 쪼그려 뛰기를 해야 했다.

# 미행

나는 허벅지 일곱 대를 맞았다. 43점이었다. 교탁을 짚고 이를 악물었다. 허벅지를 비스듬히 올려치는 매를 나는 조금도 피하지 않고 고스란히 맞았다. 얼굴에 피가 몰려 화끈거렸다. 둔탁한 소리와 함께 매가 떨어질 때마다 가슴 속에 불만이 무럭무럭 솟아올랐다. 일곱 대를 다 맞고 나는 입술 끝에 비웃음을 물며 미친개를 노려보았다. 의자에 앉자 찌를 듯한 통증이 한꺼번에 몰려왔다. 나도 모르게 입에서 욕이 튀어나왔다. 손가락 뼈를 두두둑 꺾으며 매타작에 정신없는 미친개를 노려보았다.

수업 끝난 후 나와 두배, 희남이 운동장 수돗가에 모였다. 축구하는 아이들과 귀가하는 아이들로 학교가 소란스러웠다. 오후의 햇살이 운동장 가 플라타너스 이파리에 춤을 추듯 반짝였다. 두배는 아직 한쪽 다리를 절뚝거리고 있었다. 나도 피가 터지진 않았으나 허벅지가 만질 수 없이 아팠다. 희남이만 멀쩡했다. 희남인 55점. 그가 정말 부러웠다.

"나하고 평대하고 먼저 큰길에 나가 있을 게, 출발하면 바로 연락해."

두배가 침을 찍 갈겼다. 우린 학생부장 집을 알아내기 위해 오늘 그의 차를 미행하기로 했다.

학생부장 차는 검정색 그랜저였다. 그는 차를 늘 학교 주차장 첫 번째 칸에 세워 두었다. 핸드폰을 열어 시간을 보았다. 네 시 삼십 분이었다.

나와 두배가 학교를 빠져나와 비탈진 진입로를 내려왔다. 매일 아침 개처럼 헐떡거리며 뛰어 올라오는 눈물의 언덕길이었다.

"택시가 곧 잡혀야 하는데."

"미리 잡고 있다 차 나오면 곧장 따라가야 돼."

"차는 많으니까 걱정 안 해도 될 거야."

"미친개가 우릴 알아보면 어떡하지? 교복 때문에 말야."

"그러니까 눈에 띄지 않게 조심해야 돼."

긴장한 탓인지 심장이 불끈불끈 뛰었다. 꼭 시험 발표 났을 때하고 똑같았다. 나는 목을 좌우로 꺾으며 손바닥을 비볐다. 큰길에 나오자 차들이 도로를 질주했다. 차가 일으키는 바람에 바지 자락이 너풀거렸다. 잠시 후 횡단보도에 차들이 멈춰 섰다. 우린 길을 건너 앞쪽을 살폈다. 혹 미리 잡아 둘 택시가 있나 해서였다.

그때였다. 핸드폰 수신음이 울렸다. '출발했음.' 희남이 보낸 문자가 선명히 찍혀 있다. 두배에게 문자를 보여 줬다. 갑자기 다리가 떨리고 호흡이 가빠왔다. 나는 숨을 크게 들이쉰 후 천천히 내뱉었다.

맞은 편 진입로에 검정색 그랜저가 나타났다. 나와 두배가 몸을 돌려 다른 곳을 응시했다. 신호가 바뀌자 그랜저가 천천히 진입로를 빠져나왔다. 때마침 이쪽 끝에서 택시가 달려왔다. 우린 택시를 잡았다.

"저 앞 검정색 승용차 있죠? 그랜저요. 저 차 따라가 주세요."

두배가 말했다.

운전기사가 백미러로 뒤에 있는 우릴 힐끔거렸다. 우린 아무 말도 하지 않았다. 그랜저는 우리보다 차 두 대 앞에 가고 있었다. 나는 그게 마음이 놓였다. 바짝 뒤따른다면 미행하는 우리를 볼 수도 있겠기 때문이다. 차가 20분쯤 달린 후 우회전하여 골목으로 들어섰다. 약국과 독서실, 은행 등이 있는 골목이었다. 골목을 기어오르다 다시 좌회전, 앞차가 어느 집 앞에 멈춰 섰다. 학생부장 내리는 모습이 눈에 들어왔다. 우린 차 안에 잠시 앉아 있다 학생부장이 집에 들어가는 것을 확인한 후 차에서 내렸다.

## 잠입

한적하게 가라앉은 주택가. 학생부장 차의 비상등이 켜져 있었다. 시동을 걸어둔 채 집에 들어간 것으로 보아 금방 다시 나올 게 분명했다. 나와 희남이 길가 슈퍼에 들어갔다. 나이 많은 할머니가 가게를 보고 있었다. 아이스크림을 입에 넣으며 바깥 동정을 살폈다. 잠시 후 학생부장 나오는 모습이 눈에 들어왔다. 퇴근할 땐 정장 차림이었는데 운동복 차림에 긴 가죽가방을 메고 있었다. 아마도 골프를 치러 가는가 보았다. 학생부장이 차를 돌려 어디론가 향했다.

슈퍼에서 나와 조심스럽게 학생부장 집으로 갔다. 비탈진 골목에 육중한 철제 대문이 달린 이 층 양옥이었다. 붉은 벽돌로 쌓아올린 담벼락에 철조망이 둘러쳐져 있었다. 장미 넝쿨이 담장 밖으로 뻗어 있고 차고의 셔터가 내려져 있었다. 우린 집 앞에서 잠시 망설였다. 그러다 다시 슈퍼 쪽으로 나왔다. 슈퍼 옆 모퉁이 후미진 곳으로 들어갔다. 옆에 전봇대가 있어 사람 눈에 쉽게 띄지 않을 곳이었다.

두배가 가방에서 조그만 약병을 꺼냈다.

"뭐냐?"

"쥐약."

"뭐?"

쥐약이란 말에 나는 다음 말을 잇지 못했다. 지난번 두배네 집에서 학생부장 집에 쳐들어가 밥솥에 쥐약을 넣기로 결의했지만, 정작 쥐약 병을 보니 황당해서 말이 나오지 않았다.

"인터넷에서 구하려다 약국에서 그냥 샀다."

두배가 이 사이로 침을 찍 갈겼다. 약병을 건네받아 흔들어 보았다. 아무 소리도 나지 않았다.

"원래 알약인데, 가루로 빻았어. 빨리 녹게."

두배가 아무렇지도 않게 말했다. 약병을 자세히 들여다보았다. '친환경 쥐약'이라 쓰여 있고, 취급 시 반드시 장갑을 끼고 사용하라고 되어 있다.

"지금 하려고?"

"응."

두배가 입을 꽉 다물었다. 그의 턱뼈가 불끈 솟았다.

"교복 입고?"

"교복 입은 게 더 좋을 수도 있어."

"왜?"

"안에 들어가 혹 사람 있으면 정중히 인사하고 나오면 돼. 선생님 심부름 왔다고 하면서."

"무슨 심부름?"

"이거."

두배가 다시 가방에서 책을 하나 꺼냈다. '月×××'로 된 두툼한 잡지였다. '월'자 뒤 세 글자는 모르는 한자였다.

"이게 뭐냐?"

"학교 도서관에서 가져왔어. 잡지 꽂이대에 있더라."

두배가 쥐약 병을 가져갔다.

"이거 집에 갖다 두라고 심부름 시켰다면 돼."

두배 말에 나는 속으로 놀랐다. 이렇게 치밀하게 준비할 줄은 정말 몰랐다.

두배가 나에게 망을 보라고 했다. 만약 무슨 일이 생기면 재빨리 전화하라고 했다. 두배가 자기 핸드폰을 진동에 놓았다.

두배가 나에게 가방을 맡기고 자리에서 일어났다. 그는 이미 일을 저지르기로 결심한 듯 입술을 꽉 다물고 있었다. 무서웠다. 두배를 말리고 싶었다. 두배네 집에서 한 말은 술기운에 그렇게 했을 수도 있다. 그런데 두배는 곧바로 쥐약까지 준비해 오늘 당장 해치우려는 것이다.

"다음에 하는 게 안 좋을까?"

내 가슴이 저려 왔다. 침을 삼키자 마른기침이 터져 나왔다.

"아냐, 저런 건 본때를 보여 줘야 돼."

"그러다 진짜 죽으면?"

"죽으라지. 죽으라고 하는 건데."

"아니 내 말은 미친개야 죽어도 상관없지만 다른 사람들은 좀 그렇잖아?"

내 말에 두배가 나를 물끄러미 바라보았다. 그러는 그의 눈동자가 불안하게 흔들렸다.

"미친개 부인이나 자식들은 죄가 없잖아? 우리하고 아무 상관도 없고."

두배가 짐짓 망설이며 깊이 숨을 내쉬었다.

"미친개 하나만 까는 방법 없을까?"

"그러려면 다른 사람을 시켜야 하는데, 마땅한 사람이 없잖아?"

두배 말을 듣고 보니 그도 그랬다. 흑곰 형이나 종석이 형밖에 없는데, 그 형들에겐 쪽 팔려 말하지 않기로 했다.

"할 수 없지."

두배가 나에게 전화하라며 자리를 떴다. 두배가 성큼성큼 학생부장 집으로 걸어갔다. 그가 계단에 올라 초인종을 눌렀다. 그러면서 나 있는 쪽을 힐끗 돌아보았다. 나는 손 안에 든 핸드폰 뚜껑을 열었다. 핸드폰이 땀에 젖어 있었다. 매너 모드에 놓은 다음, 제대로 작동되는지 다시 한 번 확인했다.

두배가 집 안으로 들어간 후 나는 핸드폰 시계에 눈을 고정했다. 컴퓨터 커서처럼 깜박거리며 넘어가는 일초 일초의 시간이 피를 말리는 것 같았다. 입안이 타들어가 모래를 한 움큼 씹는 것 같았다. 목구멍 속에서 누군가가 혓바닥을 잡아 뒤로 끌어당기는 것 같았다.

주위를 두리번거렸다. 다행이 오가는 사람은 없었다. 전봇대 뒤에 몸을 바짝 웅크렸다. 그러면서 마음속으로 주문을 걸었다. '침착하자, 잘 될 거야, 침착하자.'

두배가 들어간 지 십 분도 채 되지 않아 밖으로 나왔다. 그의 낯빛이 얼음장처럼 창백했다. 우린 급히 자리를 떴다. 정신없이 오던 길을 되짚어 큰길로 나왔다. 택시가 오길 기다렸으나 오지 않았다. 우린 성큼성큼 걸음을 최대한 크게 하여 뛰다시피 걸었다. 누군가 뒤에서 목덜미를 잡아챌 것 같았다.

큰길에 나오니 오가는 차와 사람들로 거리가 붐볐다. 사람들 속에 섞였다. 그런데도 다리가 후들후들 떨렸다.

"넣었냐?"

내 말에 두배가 굳게 입을 다문 채 아무 말도 하지 않았다.

"어디로 갈래?"

"우리 동네로 가자."

택시를 잡았다. 차 안에서 우린 한 마디도 하지 않았다. 만리장성으로 왔다. 술을 마시고 싶었다. 그러나 흑곰 형은 집에 없었다. 학원에 갔다고 했다. 우린 힘없이 발걸음을 돌렸다. 두배네 집으로 갔다. 옷을 갈아입고 근처 초등학교로 갔다. 처음 이지수를 만난 곳이었다. 주위는 이미 어두워져 있었다. 가게의 네온사인이 하나 둘 돋아났다. 술을 사 놀이터로 갔다. 우린 거의 동시에 캔 맥주 뚜껑을 따 입에 쏟아 부었다. 입술이 탈 정도로 메말랐던 속에 찬 맥주가 폭포처럼 쏟아져 들어갔다. 뱃속에서 한 움큼의 가스가 콧속으로 밀고 올라왔다. 나도 모르게 크억 트림을 했다. 담배를 붙여 물고 연기를 깊숙이 빨아들였다.

머리가 핑 돌며 순식간에 알딸딸해졌다.

"쥐약 넣었냐?"

두배가 고개를 가로 저었다.

"밥솥까지 열었는데, 진짜 못 넣겠더라."

두배가 말하며 고개를 떨구었다. 나는 들릴까 말까 한 소리로 "잘했어"라고 말했다. 두배가 소주병을 따 병 나팔을 불었다. 그런 후 나에게 건넸다. 나도 병 나팔을 불었다. 순식간에 술 한 병이 비워졌다. 바람은 훈훈했으나 어지러웠다.

"어후, 진짜 못 넣겠더라. 그 새끼 꼭 죽이려고 했는데."

두배가 혼잣말로 중얼거렸다. 고개를 처박은 채 두배가 흐느꼈다. 수그린 어깨가 심하게 흔들렸다. 나도 따라 눈물이 나왔다. 이상했다. 눈물을 흘리면서 학생부장에 대한 증오가 나 자신의 한심함에 대한 자책으로 바뀌어 갔다. 그러면서 지수의 얼굴이 떠올랐다. 김현숙의 얼굴도 떠올랐다. '바람에 까불리는 겨와 같다'는 목사님 말씀도 떠올랐다.

"아으윽-."

두배가 벌떡 일어나 소주병을 놀이터 바닥에 내팽개쳤다.

"야, 만리장성 가자. 흑곰 형 집에 왔을 거야."

두배가 머릴 쥐어뜯으며 비틀비틀 걸었다. 교문 쪽에서 비쳐

오는 불빛에 두배의 그림자가 길게 흔들렸다.

# 일제고사 폐지하라!

아침, 자습시간. 우린 모두 문제 풀이에 정신이 없었다. 일제고사가 3일 앞으로 다가왔기 때문이다. 열린 창문으로 봄바람이 훈훈하게 밀려들었다. 교탁에 몸을 기대고 있던 담임이 고개를 끄덕이며 졸기 시작했다. 학교는 그야말로 침묵에 가라앉은 바닷속 같았다. 누구 하나 장난치거나 떠들지 않았다. 그때였다. 난데없이 아기 울음소리가 들렸다.

"응애--, 응애애."

졸고 있던 담임이 눈을 번쩍 떴다. 우리도 고개를 반짝 쳐들었다. 귀를 기울였다. 분명 배가 고파 우는 어린 아기의 울음소리였다. 울음소리가 다시 들렸다.

"으애, 으애애--."

"뭐야, 이거?"

담임이 눈을 휘둥그레 뜨며 밖으로 나갔다. 다시 귀를 기울였다. 분명 복도에서 나는 소리였다. 아이들이 벌떡 일어나 교실 문을 열고 밖을 기웃거렸다. 우리 반뿐만이 아니었다. 일직선으로 나 있는 복도를 따라 10개 반 아이들 모두 복도로 쏟아져 나왔다. 고요하던 자습 시간이 일시에 망가졌다.

"뭐야, 뭐야?"

아이들이 저마다 웅성거렸다.

"야, 이놈들아. 빨리 교실로 안 들어가?"

몇 반 담임인가가 소리쳤다. 우리 반 담임도 빨리 들어가라며 얼굴을 찌푸렸다. 그러나 누구 하나 들어가는 아이는 없었다. 다시 애기 울음소리가 들렸다. 그때였다.

"저기다, 저기!"

누군가의 목소리가 날카롭게 울렸다. 아이들이 일시에 그곳으로 달려갔다. 선생들도 아이들 틈에 섞여 그 쪽으로 다가갔다.

"저게 뭐냐? 새 아냐?"

모두 고개를 들어 천장을 바라보았다. 복도 꼭대기 유리창틀에 새가 한 마리가 앉아 있었다.

학생부장이 쫓아 올라왔다. 그가 지시봉을 휘두르며 아이들에게 교실에 들어가라고 소리쳤다. 그러나 휘두르는 지시봉을 피하느라 아이들의 소란이 더욱 크게 일었다.

아이들이 잽싸게 유리창 문을 닫았다. 교실로 뛰어가 빗자루를 들고 오는 아이도 있었다.

"앵무새다, 앵무새야!"

"어, 그런데, 다리에 뭐가 묶여 있어."

"잡아. 위로 올라가 잡으라니까!"

웅성대는 가운데 한 아이가 유리창 틀을 기어올랐다. 모두 숨을 죽인 채 지켜보았다. 나도 가까이 가 보았다.

"다리에 묶인 끈을 잡아."

창틀에 올라선 아이가 조심조심 굽혔던 무릎을 펴며 일어섰다. 손을 뻗어 끈을 잡으려는 순간 앵무새가 푸드덕 날아올랐다. 그런데 이상했다. 앵무새 다리에 정말 끈이 묶여 있고, 그 끈에 천 원짜리 지폐만한 종이가 매달려 있었다.

"우아, 저게 뭐냐?"

아이들이 일시에 소리쳤다. 앵무새 다리에 매달린 종이가 새가 날자 연 꼬리처럼 허공에서 팔랑거렸다. 아이들이 함성을 지르며 앵무새를 쫓아 몰려 다녔다. 어떤 아이는 끈을 낚아채기 위해 허공에 손을 뻗어 뛰어오르기도 하고, 어떤 아이는 들고 있던 빗자루를 던지기도 했다. 앵무새는 복도 여기저기를 날다 반대쪽 유리창 틀에 앉았다. 학생부장이 다시 지시봉을 휘두르고 담임들이 교실에 들어가라며 소리쳤다.

소란은 계속되었다. 아이들이 몰려들어 몇 명은 유리창 틀을 기어오르고, 몇 명은 들고 있던 칠판 지우개를 던졌다. 빗자루로 후려치기 위해 점프하는 아이도 있었다. 아이들이 그럴수록 앵무새는 유리창 틀에 붙어 날개를 퍼덕이며 이곳저곳을 옮겨 다녔다.

어느 덧 1 · 2학년까지 3학년 복도로 밀려들었다. 자습하던 아이들이 소란이 일자 우르르 밖으로 뛰쳐나온 것이다. 아이들 뒤쪽에 교장과 교감이 초조한 눈빛으로 그 광경을 지켜보고 있었다.

한 아이가 교복 윗도리를 벗어들고 창틀을 기어올랐다.

"죽이지 말고 생포해."

선생 중에 누군가가 소리쳤다.

창틀을 기어오른 아이가 교복을 휘둘렀다. 순간 앵무새가 다시 날아올라 허공을 맴돌았다.

"저기 뭐라고 써 있는데."

"우아, 진짜. 종이에 글씨가 써 있다."

새 가까이 있던 아이들이 소리쳤다. 그 말에 아이들이 더 열을 내어 새를 잡으려고 하였다. 발에 달린 종이가 무거운지 새는 날면서도 자꾸만 밑으로 쳐졌다. 그때였다. 교복을 벗어들고 올라갔던 아이가 점프하며 옷을 휘둘렀다. 그 바람에 앵무새가 옷에 맞아 밑으로 툭 떨어졌다. 아이들이 놀라 일시에 흩어졌다 다시 모여들었다. 한 아이가 앵무새를 집어 들었다. 두배네 반 천경석이라는 아이였다. 빽빽이 둘러싼 아이들을 헤치고 학생부장이 달려들었다.

"야, 그 새 이리 가져와!"

학생부장이 지시봉을 휘두르며 달려들었다.

"교실로 다 들어가란 말이야!"

학생부장이 소리쳤다. 그러나 아이들은 복도에서 웅성거릴 뿐 들어가지 않았다.

"일제고사 폐지하라!"

천경석이 새를 손에 치켜든 채 큰 소리로 외쳤다. 새가 날개를 퍼덕이며 구액, 구액 거렸다.

"너 지금 뭐랬어?"

학생부장이 새를 낚아채며 천경석의 뒤통수를 후려쳤다.

"여기 그렇게 써 있는 데요."

경석이 볼멘소리로 항의했다.

"뭐야, 임마?"

학생부장이 새 다리에 묶인 종이를 확인했다. 아이들 시선이 일제히 학생부장에게 쏠렸다.

"여기 그렇게 써 있잖아요."

경석이 다시 말하자,

"입 다물어, 임마. 저리 비켜."

학생부장이 다시 경석이 머리를 손바닥으로 후려쳤다.

"다들 교실로 들어간다. 지금부터 10초 안에 안 들어가면 너희들 전원 강당에 집합이다. 빨리 안 들어 가? 선생님은 애들 교실로 들어가게 해 주세요."

학생부장 목소리가 복도에 쩌렁쩌렁 울렸다.

# 최소한의 저항

학교가 다시 발칵 뒤집혔다. 중간고사 등수표를 찢어 한바탕 소란을 치른 것이 일주일 전이었다. 그리고 일제고사를 3일 남겨 놓은 시점에서 이번에는 앵무새 사건이 터진 것이다.

우리를 더욱 놀라게 한 것은 단순히 복도에 새가 날아들어 0교시 자율학습을 망쳐 놓았다는 것이 아니었다. 새 다리에 매달린 종이 때문이었다.

"일제고사 폐지하라!"

처음 새를 사로잡은 경석이 분명히 그렇게 소리쳤다. 순간 나는 나의 귀를 의심했다. 마른하늘에 날벼락 같은 소리였기 때문이다. 일제고사를 폐지하라니 누가 감히 그런 주장을 할 수 있단 말인가.

교실에 들어와서도 아이들 웅성거림은 그치지 않았다.

"앵무새는 야생 아니지?"

"애완용이지. 아마 누구네 집에서 기르던 새 같던데."

"누구?"

"몰라 그건."

"히야, 근데 앵무새 소리가 진짜 아기 울음소리하고 똑같더라."

한 아이가 "으애 으애", 아기 울음소리를 흉내 냈다. 그가 소름이 끼치는 듯 두 손을 모아 쥐고 부르르 몸을 떨었다.

"우리 학교 애들 짓일까?"

"우리 학교에 일제고사 폐지하라고 할 애가 어딨냐? 다 지질이들만 모였는데."

"그래도 앞에 공부 잘하는 애들 있잖아."

"걔들이 왜 일제고사를 폐지하라고 해?"

듣고 보니 그랬다. 아이들이 삼삼오오 모여 의문과 호기심에 저마다 수군거렸다.

"암튼 아이디어 하나는 끝내준다."

"진짜. 어떻게 앵무새를 이용할 생각을 했을까?"

"우리 학교 아이들이 아니고 외부 사람이 그랬을 지도 몰라."

"외부 사람? 언제?"

"오늘 아침이나 어제 저녁."

희남의 말에 모여 선 우리들이 눈을 동그랗게 뜨고 그를 바라보았다.

"어제 저녁?"

"그래. 어제 저녁 새를 복도에 넣었을 수도 있잖아. 선생들 다 퇴근한 다음 학교에 아무도 없을 때."

우린 그의 말이 그럴듯해 고개를 끄덕였다.

1교시 후 교내 방송이 나왔다. 학생들은 조용히 자리에 앉아 수업을 준비하고, 선생들은 시청각실로 모이라는 방송이었다. 아마도 앵무새 사건에 대한 대책회의가 열리는 듯했다.

선생들이 교실을 비우자 돌연 학교에 활기가 넘쳐났다. 반장이 앞에 나와 조용히 하라고 했지만 아무도 듣지 않았다. 나는 희남이와 함께 두배네 반으로 쏜살같이 달려갔다. 처음 새를 잡았던 천경석을 만나보기 위해서였다. 경석이도 아이들에게 둘러싸여 있었다.

"일제고사 폐지하라는 말밖에 없었냐?"

누군가가 묻자,

"아니, 그것 말고 더 있었어. 일제고사 폐지하라가 제일 크게 써 있었고, 그 밑에 두발 자유 보장, 학교 폭력 금지가 더 있었어. 그리고 맨 아래에 '서울 지역 00000 학생 연합'이라고 써 있었어."

경석이 아직 흥분이 가시지 않은 얼굴로 말했다.

"두발 자유하고 학교 폭력 금지가 맨앞에 있어야 하는 것 아냐? 솔직히 우리야 일제고사는 봐도 그만 안 봐도 그만이잖아?"

옆에 있던 두배가 침을 찍 갈겼다.

담임이 들어왔다. 담임이 종이를 한 장씩 나눠 주며 오늘 있었던 앵무새 사건에 대해 아는 대로 모두 쓰라고 했다. 아이들이 종이를 받아들고 저마다 눈을 힐끗거렸다.

지난번처럼 전체 기합은 없었다. 학교에서도 이번 일이 밖으로 새 나가지 않도록 쉬쉬하는 것 같았다.

몇몇 아이들이 학생부에 불려 갔다. 처음 앵무새 소리를 듣고 복도로 뛰쳐나간 반 아이들과 앵무새를 사로잡은 천경석이었다. 경석에겐 왜 일제고사를 폐지하라고 외쳤는지에 대해 집중 조사되었다. 그러나 결과는 오리무중. 특히 학교에선 종이 밑에 씌어 있던 '서울 지역 00000 학생 연합'에 대해 추궁했으나 아무 것도 드러난 것이 없었다.

긴장 속에 일제고사가 치러졌다. 예정대로 전국의 중3 학생을 대상으로 국영수사과 다섯 과목에 대한 전국연합 학력평가 시험이었다. 문제는 각 과목 당 25 문제, 모두 객관식. 나는 문제를 받자마자 한 번 쓱 훑어본 후 답안지에 대충 마킹했다. 매 시간마다 시간이 널널하게 남았다. 시험지 여백에 일제고사 폐지하라 같은 낙서만 하며 시간을 보냈다.

그 주 교회에 갔다. 다른 학교 이야기를 들어보니 그곳에도 우리 학교와 비슷한 일이 있었다. 단지 다른 점은 우리 학교엔 앵무새였는데, 다른 학교엔 고양이, 잉꼬, 십자매 같은 동물이었다. 우리들 관심은 종이 밑에 씌어 있던 '서울 지역 00000 학생 연합'의 실체에 모아졌다.

"거기 써 있었다는 00000가 '학교 정상화' 아닐까?"

"그럼 '서울 지역 학교 정상화 학생 연합'?"

"그럴 것 같은데. 말 되잖아."

"그럼 그런 조직이 있다는 거야?"

"있으니까 여러 학교에서 동시다발로 일어났겠지."

"서울 지역이라면, 다른 곳에도 그런 조직이 있다는 거야? 대전이나 부산에도?"

"그건 모르지. 암튼 있으니까 그렇게 썼겠지."

"우리 학교에도 누군가 그 조직원이 있겠네."

아이들이 저마다 한마디씩 했다. 나는 아이들 말에 속으로 놀랐다. 우리 학교에서만 일제고사 폐지 시위가 있었던 것이 아니라, 특수 명문학교에도 그런 일이 있었다는 것 아닌가.

"학교가 너무 획일화 되고 성적 위주로만 몰고 가니까 학생들이 최소한의 저항이라도 하려는 거야."

그때까지 아무 말 없이 듣기만 하던 한결이 형이 입을 열었다.

"아마 세계적으로 이런 일은 없을 거다. 가위로 아이들 머리를 자르는 나라, 등교 시간에 교문에 나와 아이들을 잡도리 하는 나라, 전국의 학생 몇 백만 명이 똑같은 시간에 똑같은 문제로 시험 보는 나라, 그렇게 시험 봐 일등부터 꼴찌까지 등수를 매기는 나라, 그걸 또 인터넷에 올려 경쟁을 부추기는 나라, 고양이, 앵무새 같은 동물을 이용해 시위하는 나라. 우리나라 같은 나라는 진짜 판타지 소설에도 안 나오고 SF 소설에도 안 나올 거야. 그러면서 어떻게 교육을 이야기하고 국가 경쟁력, 이런 말을 할 수 있는지 몰라. 정말 한심하다 한심해."

한결이 형이 팔짱을 낀 채 말했다. 나는 한결이 형이 말한 '최소한의 저항'이란 말을 곱씹어 보았다. 너무나 그럴 듯한 말이었다. 그런 면에서 보면 며칠 전에 있었던 앵무새 사건은 어찌

보면 저항이라고 할 수도 없을 것 같았다. 우리들이 평소 학교에서 받는 멸시와 인권 유린에 비한다면 이건 정말 저항이라고 할 수도 없을 것 같았다.

"그러니까 빨리 학생 인권 조례 같은 것이 제정돼야 해요."

누군가의 말에

"학생 인권 조례? 그게 뭐지?"

나도 모르게 말이 튀어나왔다. 나는 나만 모르는 것 같아 얼굴이 화끈 달아올랐다.

"이번 정권 들어서고부터 더 그런 거죠?"

희남이 말하며 켈켈 웃었다.

"그렇긴 한데, 완전히 그렇다고 볼 수도 없어. 전부터 우리나라 교육이 그랬으니까. 이번 대통령이 정권을 잡기 전, 그러니까 진보파가 정권을 잡았을 때에도 상황이 지금보다 덜 하긴 했지만 비슷했어. 우리나라 교육 문제는 워낙 다른 문제하고 겹쳐 있어서 정권이 바뀐다고 하루아침에 달라질 수 없어."

"하지만 지금처럼 일제고사는 안 봤잖아요? 중학교도 특수 명문 학교하고 양아치 학교하고 구분도 없었고."

내 말에,

"그건 그래."

한결이 형이 말했다.

# 가입식

어둠이 내린 거리에 네온사인이 빛났다. 나는 두배네 집으로 갔다. 두배는 나를 기다리며 라면을 끓여 먹고 있었다. 라면 냄비에 얼굴을 처박고 있던 두배가 나를 보고 씽긋 웃었다. 나는 입안에 침이 마르는 것 같았다. 오늘이 가입식. 흑곰 형과 종석이 형이 있는 삼성파에 가입하기로 한 날이었다.

"그런데 왜 이름이 삼성파냐? 흑곰 형 하고 종석이 형 말고 누가 더 있어?"

내 말에 두배가 없다고 했다.

"그런데 왜 이름이 삼성파냐고."

"그건 나도 잘 몰라. 서울 종로에 삼성파 본거지가 있대. 거기 대빵이 삼십 대 아저씨들인데, 세 명이래. 그 밑에 여러 사람이 있고. 그러니까 그 대빵이 이거고 흑곰 형이나 종석이 형은 그 밑에 있는 거지."

두배가 말하며 엄지손가락을 치켜세웠다.

"흑곰 형 위로 대학생은 없어?"

대학생도 있다고 했다. 나는 두배 말을 듣고서야 대충 이해가 되었다. 두배는 삼성파에 중2 때 스카웃 되었다고 했다.

"전부 몇 명이나 되냐?"

"글쎄. 중고딩만 한 이십 명? 초딩도 있는 것 같던데."

두배가 라면 국물을 후르륵거리며 말했다.

"우리 학교 애들도 있어?"

"없어. 우리 학교는 너하고 나뿐이야. 앞으로 1·2 학년에서 더 뽑겠지. 우리 졸업하면 사람이 끊기잖아."

두배가 담배에 불을 붙이며 주방 환풍기를 틀었다. 나도 담배에 불을 붙였다. 연기를 길게 내뿜자 긴장된 마음이 누그러졌다.

"다른 학교 애들은 많아?"

"좀 있어."

두배 말을 들으며 삼성파가 어떤 조직인지 머릿속에 그림이 그려졌다.

"주로 뭐하는데?"

"뭐하긴? 알잖아? 형들이 주는 물건 학교 애들한테 팔고."

"어떤 거? 포르노나 야동 같은 것?"

"요새 누가 그런 걸 돈 주고 사냐? 컴퓨터에 들어가면 좌르륵인데."

"그럼 무슨 물건을 판다는 거야?"

"시계나 볼펜 같은 것. 그것 말고도 많아."

시계라는 말에 짐작이 갔다. 그러니까 보통 시계를 말하는 것이 아니라 여자 나체 그림이 들어 있는 시계일 것이다. 전에 두배가 차고 와 우리에게 보여 주었던 그런 시계.

"볼펜도 있어?"

"있지. 볼펜뿐만 아니야. 담배도 있고 흥분제도 있고 여러 가지야."

"흥분제? 무슨 흥분제?"

"흥분제. 섹스할 때 흥분되게 먹는 약."

두배 말에 가슴이 두근두근 뛰었다. 순간 지수의 얼굴이 떠올랐다. 김현숙의 얼굴도 떠올랐다. 그리고 PC방 아줌마의 하얀 젖가슴도 떠올랐다.

"그런 걸 사는 애가 있어?"

"꽤 있어."

두배가 담배를 비벼 끄고 옷을 찾아 입었다. 우린 밖으로 나왔다. 초여름 바람이 건듯건듯 불어 머리칼을 헤쳤다. 나는 고개를 좌우로 꺾고 앞뒤로 돌렸다. 손바닥을 비빈 후 손마디를 꺾었다. 두두둑 소리가 났다. 애써 태연한 척 했지만 긴장감이 몰려왔다. 얼굴이 뻣뻣해지고 가슴이 두근거렸다.

가입식은 여덟 시에 있었다. 가입식은 먼저 밖에서 1차 의식을 치른 후, 만리장성에서 2차 의식을 치른다고 했다. 우린 두배네 집 근처 아파트 신축 공사장으로 갔다. 철근과 벽돌 목재 등이 어둠 속에 무더기로 쌓여 있었다.

두배가 앞서 걷고 내가 뒤를 따라 걸었다. 쌓아 놓은 모래더미를 지나 아파트 건물 안으로 들어갔다. 어둠 속 옹긋쫑긋 서 있는 사람들이 눈에 들어왔다.

"왔냐?"

흑곰 형이었다. 흑곰 형 외에 7~8 명이 더 눈에 띄었다. 두배가 그들과 인사했다. 두배가 존댓말을 하는 것으로 보아 대부분 선배들인 것 같았다.

공사장 입구에 세워진 전신주에서 가로등 불빛이 희미하게 비쳐들었다. 종석이 형이 헐레벌떡 뛰어왔다. 두배와 내가 형에게 깍듯이 인사했다. 숨을 몰아쉬는 형 얼굴이 반은 어둠에 가려 보이지 않았다.

"시작하자."

흑곰 형과 종석이 형이 앞에 서고 나머지 사람들이 좌우에 늘어섰다. 두배는 왼쪽 줄 맨끝에 가 섰다. 나는 혼자 그들 가운데 섰다. 흑곰 형과 종석이 형과의 거리는 약 3미터. 사람들이 나를 ㄷ 자로 에워싸고 있었다.

"알지?"

흑곰 형이 한 발 앞으로 나섰다. 내가 배에 힘을 주며 "예" 대답했다. 이곳에 오면서 나는 두배에게 가입식에 대한 이야기를 들었다. 첫 번째 순서는 담배빵이었다. 흑곰 형이 담배에 불을 붙였다. 그가 서너 모금 쉬지 않고 빨아들였다. 어둠 속 담뱃불이 숯불처럼 맹렬하게 타올랐다. 나는 입고 있던 티셔츠 왼쪽 소매를 걷어 올렸다. 형이 나에게 담배를 주었다. 모두의 시선이 나에게 집중되었다. 순간 우리를 둘러싸고 있던 공기의 밀도가 팽팽히 조여지는 것 같았다. 나는 담배를 건네받아 숨을 깊이 들이쉬었다. 이를 악물었다. 그런 다음 가차 없이 왼쪽 어깨 밑 팔뚝을 지져버렸다. 그렇게 한 방 먹인 후 다시 불을 살려 또 한 방, 또 한 방. 세 방을 연거푸 먹인 후 비로소 차렷자세를 취

했다. 담배를 들고 있는 손이 부들부들 떨렸다.

불에 닿은 부위가 찌르듯 아팠다. 살 타는 노린내가 난다 싶은 순간 살갗이 꽈리처럼 부풀어 올랐다. 움켜쥔 주먹이 부르르 떨렸다. 등줄기에 얼음이 닿은 듯 소름이 짜르르 끼쳐졌다.

"니들도 다 알지만 이게 바로 우리 삼성파 표식이다. 평대 너는 지금 처음 담배빵을 뜨지만, 우리도 전에 다 한 일이다. 니네들이 종로 바닥에 나가 노는 애들 만나면 이걸 보여 주고 얘기하면 돼. 이게 없으면 우리 조직이 아니지. 하지만 이 담배빵을 통해 우리가 같은 삼성파라는 게 확인되면, 그때부턴 형제보다 더 가깝게 된다."

흑곰 형이 말한 후 자기 자리로 돌아갔다. 그러자 이번엔 종석이 형이 앞으로 나왔다. 담배빵에 이어 이른바 '다구리' 시간. 다구리는 여러 사람이 한 사람을 몰매 놓는 것으로 우리들만 쓰는 말이었다. 종석이 형이 구석에 세워둔 각목을 집어 들었다.

"원래 다구리는 조직의 위계질서를 확실히 하기 위해 하는 거다. 오늘 우리도 조직의 서열에 따라 치겠다. 나와 흑곰이 먼저 치고 그 다음 고딩, 마지막에 중딩이다. 평대, 넌 그 자리에 주먹 쥐고 엎드려."

종석이 형이 각목 쥔 손바닥에 침을 뱉았다. 그가 각목의 무게를 가늠해 보듯 몇 번 흔들었다. 나는 다시 주먹을 움켜쥐고 시멘트 바닥에 엎드렸다. 불에 지져진 왼쪽 팔뚝이 욱신거렸다. 종석이 형이 두 손을 모아 각목을 움켜쥐고 허리를 돌려 내리쳤다. 빡! 빡! 빡! 연이어 떨어진 각목에 허벅지 살점이 떨어져 나가는 것 같았다. 이를 악물고 참았다. 팔과 무릎, 발끝이 사시나무 떨듯 떨렸으나 미동도 하지 않았다.

"일어나라."

이번엔 흑곰 형이 내 어깨를 잡아 일으켜 세웠다.

"난 그냥 할란다."

그러면서 흑곰 형이 내 티셔츠를 배 위로 걷어 올렸다. 희미한 불빛에 아랫배가 드러났다.

"자, 힘 줘라이."

흑곰 형이 손바닥으로 아랫배를 툭툭 쳤다. 나는 나도 모르게 긴장하며 손을 등 뒤로 모은 후 배에 힘을 주었다. 각이 잡힌 복근이 초콜릿 조각처럼 튀어나왔다. 나와 1미터 정도 거리를 유지하던 흑곰 형이 정권을 찔러 왔다. 퍽! 묵직한 쇳덩이가 아랫배에 꽂혀 튕겨나가는 것 같았다. 나도 모르게 두세 걸음 뒤로 밀렸다.

"힘을 줘, 임마. 밀리지 않게."

흑곰 형이 거무스름한 입가에 씩 웃음을 물었다. 두 번째 주먹이 들어왔다. 백 킬로가 넘는 거구의 몸집이 실린 펀치였다. 펀치가 배에 닿는 순간 허리가 꺾이며 숨이 막혔다. 이빨 사이로 숨이 끊어질 듯한 신음소리가 새어나왔다. 내가 주춤대며 바로 서지 못하자, 흑곰 형이 어깨를 잡고 벽 쪽으로 밀어붙였다. 나는 다시 이를 악물었다. 숨을 깊이 들이마신 후 온 힘을 아랫배에 모았다. 그러면서 다리를 앞뒤로 적당히 벌려 특히 뒷다리에 힘을 잔뜩 주었다. 상체가 자연스레 C자 형으로 활처럼 숙어졌다. 세 번째 펀치가 날아왔다. 떨어지는 바위에 치인 듯한 격렬한 충격이 온몸을 휩쌌다. 허리가 꺾이고 다리가 휘청대는 것을 안간힘을 다해 참았다.

다음은 다시 각목 순서였다. 고딩 선배들이 서열대로 쳤다. 마지막엔 두배 차례였다. 두배가 각목을 쥐고 침을 찍 갈겼다. 있는 힘껏 내리쳤지만 이미 내 허벅지엔 감각이 없었다.

"괜찮냐?"

가까스로 몸을 추스르고 일어나는 나에게 흑곰 형과 종석이 형이 다가왔다. 내가 허벅지를 감싸 쥐고 비척거리자 종석이 형이 내 어깨를 감쌌다.

"짜식, 맷집 좋은데."

형이 내 어깨를 두드렸다. 담배빵을 놓은 팔뚝이 쓰려 몸을 움츠렸다.

우린 모두 만리장성으로 갔다. 큰 상 두 개를 붙여 놓고 서열대로 마주앉았다. 모두 두 손을 무릎 위에 놓고 상체를 반듯이 편 자세였다. 종석이 형이 맨 앞에 앉고 흑곰 형이 음식을 가져왔다. 음식과 술이 놓이고 흑곰 형이 입을 열었다.

"오늘 안평대 가입을 진심으로 축하한다. 우린 이제부터 삼성파의 한 형제다. 어려움이 있으면 자기 일처럼 도와야 한다. 물론 조직을 배반해서도 안 된다. 앞으로 평대가 할 일은 개인적으로 따로 말해 주겠다."

흑곰 형이 말하는 동안 종석이 형이 내 앞에 놓인 대접에 소주를 따랐다. 2홉짜리 한 병이 단숨에 비워졌다. 모두의 잔에 술이 채워졌다. 종석이 형이 주머니에서 종이 한 장을 꺼냈다.

"이건 우리 조직에 대한 맹약문이다. 평대, 이리 나와. 잔 가지고."

앞으로 갔다.

"여기 무릎 꿇고 앉아."

흑곰 형과 종석이 형 사이에 앉았다. 모두의 모습이 한눈에 들어왔다.

"평대가 맹약문을 읽으면 다 같이 크게 따라서 복창한다. 읽어라."

종석이 형이 명령했다.

"맹약문 하나, 조직의 선배는 하늘이다. 죽으라면 죽는다."

"맹약문 둘, 조직의 비밀을 지킨다. 발설하면 죽음이다."

"맹약문 셋, 조직을 위해 산다. 그렇잖으면 죽음이다."

맹약문 맹서가 끝나자 종석이 형이 종이에 불을 붙였다. 재떨이 위에서 종이가 매캐한 냄새를 내며 타들어갔다. 흑곰 형이 다 타서 검게 오그라든 종이를 내 술잔에 넣고 젓가락으로 휘저었다.

"자, 원샷이다. 삼성파를 위하여!"

나는 단숨에 대접 안에 든 소주를 비웠다. 목을 찌르는 술기운이 뱃속을 훑고 내려가자 불기운이 몸에 확 퍼져 올랐다.

# 걔들은 노는 것도 우리하곤 달라

삼성파에 가입한 후 처음으로 나에게 임무가 떨어졌다. 물건을 아이들에게 파는 일이었다. 나는 주로 양담배를 팔았다. 양담배는 가게에서도 살 수 있지만, 우리에게 내려온 담배는 일반 가게에서 파는 것과는 다른 것이었다. 쿨이나 셀렘 같은 박하향이 나는 담배였는데, 이름은 같아도 모양이 달랐다. 어떤 것은 볼펜심처럼 가늘었고, 어떤 것은 낚시 바늘처럼 구부러져 있었다.

나는 담배를 학교 아이들에게 팔았다. 나의 첫 번째 고객은 내 짝 박세교였다. 세교네는 집이 부자였다. 늘 주머니에 돈이 떨어지지 않았으나 우리처럼 놀지 못했다. 놀고는 싶은데 우리 축에 끼지 못하는 아이였다. 나는 담배를 1·2 학년 후배에게도 팔았다. 담배는 의외로 잘 팔렸다. 아이들은 먼저 담배 모양이 희한한 것에 호기심을 보였고, 맛이 순해 여학생이나 처음 피우는 아이들에게 인기가 있었다.

담배는 주로 흑곰 형이 가져왔다. 어디서 물건을 가져오는지는 비밀이었다. 아마도 삼성파 본부에서 내려온다는 것만 짐작할 수 있었다. 흑곰 형이 담배를 가져온 반면 종석이 형은 시계나 열쇠고리, 만년필, 볼펜 따위를 가져왔다. 나는 그런 것을 처음 보았다. 전에 두배가 학교에 차고 왔던 여자 나체 시계에서부터, 섹스 그림이 나오는 만년필 볼펜, 남녀의 다리를 잡고 가위질 하듯 벌렸다 오므렸다 하면 그에 따라 섹스 하는 동작이 되는 열쇠고리 등, 자잘한 품목들이 너무 많았다.

대부분 물건에 대한 인기는 끝내줬고, 모든 것은 현금으로 비밀리에 거래되었다. 우린 그렇게 판 돈을 흑곰 형이나 종석이 형에게 갖다 바쳤다. 그렇게 돈을 전부 상납하면 수익금 일부가 우리에게 다시 내려왔다. 만 원을 갖다 바치면 나와 두배에게 각각 이천 원 정도가 다시 나왔다. 우린 그 돈으로 술을 마셨다. 여친을 만나 노는 데 들어가는 유흥비로도 썼다.

허벅지 상처도 서서히 아물어 갔다. 왼쪽 팔뚝에 가지런히 나 있는 담배빵 자국도 시커먼 불 자국만 남게 되었다. 나는 이

따금 담배빵 자국을 보며 처음 불이 닿았을 때의 격심한 통증을 떠올렸다. 그리고 온힘을 다해 버티던 나를 단번에 꺾어 버린 흑곰 형의 펀치를 떠올렸다. 삼성파에 가입한 후 나는 본격적으로 몸 만들기에 전념했다. 합기도 도장에 다니는 한편, 집에서도 운동에 더 열을 올렸다. 줄넘기 하루 이천 번 이상, 5단 완력기 이백 번 이상, 아령의 무게도 더 늘렸다.

그렇게 열심히 생활하고 있던 어느 날. 우리 학교 근처 명문고 학생 하나가 자살을 했다. 고2 남학생인데 학교 성적을 비관한 나머지 12층 아파트에서 뛰어내린 것이다. 죽기 직전에 쓴 유서가 공개되면서 그의 죽음에 대한 안타까움이 더해졌다. TV 뉴스에 자살 소식이 전해지고, 학급 담임과 친구들 인터뷰하는 모습이 방영되었다. 그의 직접적인 자살 동기는 전국연합 학력평가 시험이었다. 지난 4월에 치른 일제고사 성적표가 얼마 전에 나왔고, 성적이 기대에 못 미치자 절망한 나머지 자살을 한 것이다.

점심시간. 급식을 먹고 나오는데 희남이 다가왔다. 그가 주머니에서 종이 한 장을 꺼냈다. 자살한 고딩이 썼다는 유서였다. A4 용지 반장 정도 되는 내용이었다.

“어디서 났어?”

"교회에서 복사했어."

"한결이 형이 해 줬어?"

희남이 그렇다며 켈켈거렸다. 유서 전문이 담겨 있었다. 종이에 볼펜으로 단정하게 쓴 글씨가 빽빽이 채워져 있었다. 더 열심히 공부해 부모님을 기쁘게 해 드리고 싶었는데 그렇지 못해 죄송하다는 말과 함께, 학교-학원-집, 이 세 곳을 다람쥐 쳇바퀴 돌듯 오간 자신의 삶에 대해 비관하고 있었다.

"정말 공부 잘하는 애들도 피곤할 거야."

내가 유서를 읽으며 희남이에게 말했다. 희남이 콧잔등을 찡긋대며 키득거렸다.

"전에 초딩 하나도 자살했잖아. 학교 끝나고 학원만 여섯 군데? 보통 여섯 군데에서 열 군데 다닌다잖아? 집에 오면 열 시, 열한 시이고. 초딩들이 그러니 중딩이나 고딩은 말할 필요 없겠지. 정말 학교, 학원, 집 외엔 생각할 수 없을 거야."

"왜 없어. 저 세상이란 게 있잖아? 학교, 학원, 집을 오가며 저 세상 갈 생각을 하잖아? 그리고 진짜 죽었잖아? 여기 이 고딩처럼."

희남이 켈켈거렸다. 두배가 급식실에서 나왔다. 그가 어깨를 건듯대며 우리에게 다가와 씽긋 웃었다.

"한 대 안 빠냐?"

희남이 키득거리자, "빨고 와야지." 하며, 두배가 담배 피우는 시늉을 해 보였다. 두배가 침을 찍 갈기며 내가 들고 있는 유서를 낚아챘다.

"오 예, 누가 자살하려고? 헐렝이? 평대?, 평대보단 헐렝이가 낫겠다. 헐렝이가 평대보다 공부 좀 잘하잖아."

두배가 담배 피우는 시늉을 하며 히죽거렸다.

"자살은 아무나 하냐? 우리 같은 놈들은 자살해 봤자 알아주지도 않는다."

"당연하지. 너 자살해 봐라. 개 값도 안 나오지."

"야, 왜 하필이면 개 값이냐?"

"어? 너 죽으면 진짜 개 값이라도 나올 것 같아?"

두배가 눈을 부라리자,

"맞아. 넌 죽더라도 자살해서는 안 돼. 교통사고로 죽어야 개 값이라도 나오지."

희남이 맞장구치며 켈켈거렸다.

"아무튼 독한 애들이야. 우린 손목만 그어도 겁이 나는데."

"입시 지옥 때문이지. 애들을 완전 슈퍼맨으로 만들고 있잖아. 어떻게 초딩들이 하루에 학원을 열 군데 다닐 수 있어? 안 그러냐? 여기 이 유서에도 나오잖아? 학원만 안 다녔어도 덜 힘들었을 거라고. 한창 자라나는 아이들 감수성과 꿈을 짓밟지 말아 달라고. 그러니까 사실 아이들을 죽음으로 내몰고 있는 것은 학교, 학원, 학부모, 정부야. 말로는 학생을 위한다지만 따지고 보면 이 사람들이 아이들을 죽이는 공범자인 셈이지."

희남이 말을 마치고 켈켈거렸다.

"우아, 너 진짜 유식하다."

"유식하긴 뭐가 유식해? 한결이 형이 그러더라."

"한결이 형이 누군데?"

두배가 눈을 동그랗게 떴다.

"있어. 우리 다니는 교회 형."

"암튼 공부 잘하는 애들은 우리 같은 지질이들하고 노는 것도 달라. 걔네들은 한번 놀면 이렇게 빡세게 놀잖아. 12층 옥상에서 뛰어내린다든가 약을 먹고 죽는다든가. 그리고 곧바로 TV에 나오잖아. 우린 어떠냐? 겨우 놀아봐야 선생들 눈치나 보며 술이나 처먹고 담배나 피우고. 그러다 재수 없게 걸려 작살나게 터지기나 하고."

두배가 코를 벌름대며 히히거렸다.

"넌 새꺄. 계집애도 따 먹잖아."

희남이 이죽거리자 두배가 달려들어 희남의 어깨를 주먹으로 내리쳤다.

"야, 빨리 나갔다 오자."

두배가 내 어깨를 잡아끌었다.

"두배 학생, 평대 학생. 담배 그만 피우세요. 어린 것들이 뼈 삭아용."

희남이 코맹맹이 소리로 놀리듯 말하자,

"헐렝이 학생. 담배 한 대 굽는 게 옥상에서 뛰어내리는 것보단 나아용. 알겠어용?"

두배가 같은 소리로 대꾸하며 켈켈거렸다.

# 법인색출

0교시 자습시간. 교실 스피커가 울렸다. 목소리만 들어도 누군지 알 수 있었다. 미친개 학생부장이었다. 두배를 찾는 방송이었다.

"3학년 6반 마두배. 지금 즉시 학생부로 와라."

같은 내용이 세 번 반복되었다. 나는 방송을 들으며 온몸의 신경이 쭈뼛 일어섰다. 왜 두배를 오라고 할까? 두배에 관한 일이라면 나도 관여되어 있기 쉽다. 우린 학교에서나 밖에서 거의 붙어 있다시피 하니까. 나는 최근에 있었던 일 몇 가지를 잽싸게 머리에 떠올렸다. 삼성파에 가입한 일, 아이들에게 담배를 판 일. 그 외 이렇다 할 일이 떠오르지 않았다. '어느 놈이 담배 판 일을 고자질했나?' 나는 담배를 산 아이들 얼굴을 하나하나 떠올렸다. 그러나 쉽게 고자질할 놈은 없었다.

방송을 듣고 두배가 교무실에 갔다. 선생들이 자습 감독에 들어가서인지 교무실은 비어 있었다. 쭈뼛거리며 학생부장에게 갔다.

"니가 마두배야?"

두배가 대답도 하기 전 학생부장이 두배 어깨를 지시봉으로 후려쳤다.

"이리 와, 임마."

두배가 어깨를 감싸 쥐자 학생부장이 우악스럽게 두배 어깨를 낚아챘다.

"여기 꿇어앉아!"

두배는 영문도 모르고 꿇어앉았다. 교무실 바닥에 먼저 온 아이들이 무릎을 꿇고 앉아 있었다.

"니들 말이야. 지금부터 내가 하는 말 똑바로 들어. 지난 중간고사 끝난 그 다음 날, 음, 그러니까 5월 12일 날, 학교 끝나고 뭐했는지 자세히 적어. 조금이라도 거짓말 했다간 이 자리에서 죽는다."

학생부장이 A4 용지 한 장씩 나눠 주었다. 아이들이 바닥에 엎드려 무엇인가를 종이에 끄적거렸다.

"전 아무 생각도 안 나는데요."

누군가 고개를 들고 말하자, 곧장 학생부장 발길이 날아들었다. 발길에 채인 아이가 뒤로 나자빠지며 머리를 책상에 쾅 부딪쳤다.

"기억이 안 나? 잘 생각해서 써. 그날 학교 끝나고 다섯 시에서 여섯 시 사이 어디서 뭘 했는지."

학생부장이 지시봉을 꼬나쥐고 으르렁거렸다.

"그날 다섯 시에서 여섯 시 사이 뭐했는지 쓰라고 했다."

그가 으르렁대며 아이들 어깨를 내리쳤다. 겁에 질린 아이들이 어깨를 감싼 채 교무실 바닥에 나뒹굴었다.

"이리 가져와, 임마."

학생부장이 아이들 종이를 걷어 대충대충 넘겨보았다.

"이 자식들 이거 안 되겠네. 그날 다섯 시에서 여섯 시까지 한 일을 적으라니까, 한 새끼도 안 적었어. 좋아."

학생부장이 책상 서랍에서 종이 한 장을 꺼냈다. 종이에 누구의 발인지 발모양이 그려져 있었다.

"이제부터 자기 발 모양을 그대로 여기다 그린다."

그가 처음 나눠 준 종이를 다시 아이들에게 주었다. 아이들이 종이에 대고 발을 그렸다. 학생부장이 집에서 그려 온 발 그

림을 놓고 아이들 발 모양과 하나하나 대조했다.

"마두배. 너만 남고 다른 놈들은 교실로 들어가."

두배만 혼자 남았다.

"너 임마, 안 불어? 그날 다섯 시쯤 뭐 했어. 어디 있었어?"

학생부장이 지시봉으로 두배의 배를 사정없이 찔렀다. 숨이 끊어질 듯한 통증에 두배가 배를 움켜쥐자, 학생부장이 곧바로 목덜미를 내리쳤다.

"너 그때 우리 집에 왔었지. 왜 왔어? 와서 뭐 했어? 말 안 해? 이 자식이…."

학생부장이 두배 귀를 움켜쥐고 손바닥으로 뒤통수를 후려쳤다. 두배가 얼굴을 감싸 쥐고 엉거주춤 물러서자 이번엔 그가 지시봉으로 옆구리를 후려쳤다. 퍽! 모래주머니 터지는 소리가 나며 두배가 옆으로 쓰러졌다.

"이 녀석인감?"

교감 말에 학생부장이 큰 소리로 소리쳤다.

"이 새끼에요. 너 임마, 일어나."

학생부장이 두배를 일으켜 세웠다. 그가 다시 머리를 후려치는 것을 교감이 말로 하라며 말렸다.

"너 이름이 뭐냐? 마두배? 3학년 몇 반이야?"

교감 말에 두배가 아무 말도 안 했다. 코피가 흘러 코를 싸쥐고 있었다. 교감이 화장실에 가 얼굴을 닦고 오라고 했다. 얼굴을 닦는 사이 아침 자습 끝나는 종이 울렸다. 선생들이 하나 둘 교무실로 내려왔다. 아이들이 드나들며 교무실이 북적였다. 교감이 두배를 다시 불렀다.

"너 저 선생님 묻는 말에 솔직히 말해. 그래야지, 안 그러면 진짜 큰일 날 수 있어. 알았니?"

두배는 아무 대꾸도 하지 않았다. 코피가 흘러 고개를 뒤로 젖혔다. 교감이 휴지 뭉치를 주었다. 코를 틀어막았다. 침을 삼키는 데 입안에서 비릿한 냄새가 났다. 입안 어딘가가 터져 피가 나고 있었다.

"이리 와, 새꺄."

학생부장 앞으로 갔다.

"너 그날 했던 일 모두 여기 다 써. 그리고 같이 왔던 놈이 누구야?"

두배가 놀란 눈으로 학생부장을 바라보았다.

"그날 너 혼자가 아니었잖아. 두 놈이었잖아. 한 놈은 누구냐고, 임마."

학생부장이 다시 두배 머리통을 후려 갈겼다. 퍽! 수박 깨지는 소리가 났다.

"한 애가 더 있었남?"

교감 말에

"이 놈 말고 한 놈이 더 있어요. 우리 집 앞에 슈퍼가 있는데 그 할머니가 그러더라고. 분명 둘이었다고. 그 할머니 아니었으면 우린 이것들이 우리 집에 왔었는지도 모르지."

학생부장이 핏대를 세우며 큰소리로 소리쳤다. 선생들 시선이 모두 두배에게 쏠렸다.

"아니, 이 애가 왜 부장님 댁엘 갔다는 거예요?"

아줌마 선생 하나가 앞으로 나서며 물었다.

"모르지. 이것들이 강도짓을 하러 왔는지, 집에 불을 지르러 왔는지. 아무튼 우리 집 현관에 이상한 발자국이 찍혀 있고, 그 날 우리 집사람이 잠깐 백화점에 가느라고 집을 비웠거든. 나는 퇴근 후 곧바로 운동하러 갔고. 그 사이 이 자식하고 한 놈이 우리 집에 들어온 거야."

"문을 안 잠갔어요? 어떻게 애들이 들어갔지?"

"대문을 닫긴 닫았는데, 그때 아마 덜 닫힌 것 같애."

"그런데 어떻게 그게 이 애라는 걸 알아요?"

아줌마 선생 말에 학생부장이 책상에 놓인 종이를 들어 흔들었다.

"이게 있잖아. 이게 우리 집 현관에 찍혀 있던 발자국이거든. 카메라로 찍어 놓고 내가 그대로 본을 떠 왔지."

"아니 그러니까 그 발자국 주인이 이 학생이란 말예요?"

"그렇다니까. 그날 운동하고 집에 와 보니 우리 집사람이 그러더라고. 집에 도둑이 들었던 것 같다고. 그래서 자세히 살펴봤지. 없어진 건 없어. 거실도 방도 하나 달라진 게 없고. 현관에만 이 발자국이 찍혀 있는 거야. 그래서 집 앞 슈퍼에 가 할머니한테 물어 봤지. 우리가 집 비운 사이 혹시 누가 우리 집에 왔었냐고. 그랬더니 그 할머니가 그러는 거야. 그 시간에 이래저래 생긴 애들 둘이 가게에서 아이스크림을 사 먹었다고."

"그래도 우리 학교 애들이 여러 명이잖아요?"

"아, 결정적인 건 이거지. 그날 두 놈 중 한 놈이 실내화를 신고 있었대. 교복 이름표야 즤들이 가렸을 테니까 누군지 모르고. 그런데 그 실내화에 마 어쩌구 하는 낙서가 크게 써 있더래. 그래 우리 학교 애들 중에서, 성이 마씨인 애들을 불러 발 크기를 조사해 보니까 이놈이 딱 나오는 거야."

학생부장이 개선장군처럼 의기양양하게 말했다.

"그런데 얘 말고 한 애가 더 있다는 거예요?"

"그렇다니까. 한 놈이 더 있는데 이 자식이 안 부네."

학생부장이 두배 목덜미를 다시 퍽퍽 내리쳤다.

"애들이 학생부장 보복하러 들어갔구먼."

누군가의 말에

"말세다 말세야. 이거 무서워서 어디 선생 해 먹겠나."

"그러게, 같은 선생이라도 이런 학교에 있으면 언제 무슨 일을 당할지 몰라요. 교감 선생님. 엊그제는요, 누가 그랬는지 몰라도 제 차를 못으로 쫙 그어 놓은 것 있죠. 왼쪽 백미러에서 뒤 주유구까지. 새로 뺀 지 한 달도 안 된 차를 그렇게 그었다니까."

"우아, 부장님 정말 대단하시다. 형사 콜롬보도 저리 가라네."

선생들이 웅성대며 한 마디씩 했다.

"그럼 이 애는 어떡해요?"

"어떡하긴. 경찰에 넘겨서 감옥에 처넣어야지. 특수절도로."

학생부장이 열을 내며 교무실이 다 들리도록 소리쳤다. 1교시 시작종이 울렸다. 교사들이 수업에 들어가자 교무실이 다시 텅 비었다.

"넌 여기 꿇어앉아서 그날 있었던 일 한 자도 빠뜨리지 말고 써. 육하원칙에 맞게 그대로 써야 돼. 우리 집에 같이 온 놈도 누군가 쓰고. 알았어?"

학생부장이 지시봉으로 두배 어깨를 내리쳤다.

두배는 벌써부터 일이 어떻게 되었는지 알 수 있었다. 그는 그날 있었던 일을 있는 그대로 썼다. 수학 시간, 시험을 못 봐 허벅지 35대를 맞았다는 것, 허벅지에 피멍이 들어 걷지도 못했다는 것, 복수심이 생겨 학생부장 집에 들어가 물건을 훔치려 했다는 것. 그러나 막상 집에 들어가니 그러면 안 되겠다는 생각이 들어 그냥 나왔다는 것.

"이게 전부야?"

"네."

"누구하고 왔는지가 없잖아."

"저 혼자 했습니다."

"너 혼자 했다고? 슈퍼에 둘이 왔었다는데."

"저 혼자예요."

"허, 이 자식이 끝까지 오리발이네."

학생부장이 두배 엉덩이를 지시봉으로 내리쳤다.

2교시 3교시 두배는 교무실에 꿇어앉아 닦달을 받았다. 그러나 끝내 입을 열지 않았다. 두배는 어금니를 꽉 깨문 채 학생부장 묻는 말에 한마디도 대답하지 않았다. 맞아 죽는 한이 있어도 학생부장에게 고자질 할 수는 없었다. 자존심과 평대와의 의리 때문이었다.

"나 이렇게 독한 놈은 처음 보네."

교무실에 불려가 닦달을 받은 지 3일째 되던 날 학생부장이 말했다.

"너 이 자식, 내일 부모 모셔와. 넌 이 학교 더 이상 못 다녀. 너 같은 놈은 징계위원회도 필요 없어. 당장 전학 갈 각오해. 내일 니 애비나 에미 학교 오면 곧바로 전학 갈 줄 알아. 알았어, 어?"

학생부장이 눈을 부라리며 두배의 목덜미를 후려쳤다.

# 전학

수업이 끝난 후 나는 희남이와 함께 수돗가에서 두배를 기다렸다. 오후였지만 햇살이 뜨거웠다. 나는 수돗가 나무 그늘 밑으로 들어갔다. 칠월의 강렬한 햇빛이 나뭇잎 사이사이 부서져 눈이 부셨다. 두배가 가방을 어깨에 메고 터덜터덜 걸어왔다. 그가 인상을 쓰며 침을 찍 갈겼다. 이 사이로 주사기에서 뿜어져 나오는 물처럼 침이 가늘게 뿜어져 나왔다.

"괜찮아?"

"괜찮긴? 씨바, 완전 망했다."

두배가 다시 침을 찍 갈겼다. 청소하는 아이들과 학교를 빠져나가는 아이들로 학교가 소란스러웠다. 나는 말없이 두배 표정을 살폈다.

"뭐래?"

"전학 가랜다. 징계위도 안 연대. 어우, 열 받아. 내일까지 부모 모셔 오래."

"전학 가랬다고? 어디로?"

"모르지. 암튼 내일 부모 모셔 오래."

"어떡하냐?"

"아, 몰라. 어떻게 되겠지."

두배가 인상을 팍 긁었다.

"니네 엄마 아빠 낮엔 집에 없잖아."

"없어."

"그럼 어떡해. 말할 수도 없고."

"말은 못하지. 말했다간 완전 작살나게?"

"그래도 내일 모셔 오랬다며?"

"어우, 진짜 학교 확 때려쳐 버릴까? 미친개 골통이나 확 까 버리고?"

두배가 쪼그려 앉아 머리를 다리 사이에 처박았다. 큰일이다. 부모를 모셔오는 것도 그렇지만, 전학을 보낸다니. 나는 가슴이 두근두근 떨렸다. 두배가 교무실에 불려가 얻어터질 때마다 나는 심장의 피가 바짝바짝 마르는 것 같았다. 쉬는 시간마다 교무실을 기웃대며 얼마나 마음 조였는지 모른다. 그렇게 하루 이틀, 두배는 끝까지 내 이름을 불지 않았고, 결국 일은 두배 혼자 한 것으로 결론지어졌다. 나는 끝내 비밀을 지킨 두배에게 미안하고 또 고마웠다. 어쩌면 우리가 같은 삼성파 조직원이기 때문에 더 불지 않았을 것으로 믿었다. 그리고 나는 오늘만 잘 넘기면 일이 일단락될 것으로 믿었다. 그런데 전학이라니.

"어떡하냐?"

내 말에 희남이마저 아무 말이 없었다.

"야, 우리 어디 가서 술이나 마시자."

두배가 일어나 가방을 어깨에 메었다. 우린 터덜터덜 학교 운동장을 빠져 나왔다. 비탈진 진입로를 걸어 내려와 큰길에 왔다. 차도에 차들이 속력을 내며 달리고, 학교 진입로 입구에 학원 차들이 즐비하게 서 있다. 쏟아져 나온 아이들로 길이 사뭇 복잡했다.

"야, PC방 아줌마한테 부탁하면 안 될까?"

희남이 콧잔등을 씰룩이며 켈켈거렸다.

"PC방 아줌마?"

나와 두배가 동시에 희남이를 바라보았다.

"그래, 밑져야 본전이지 뭐. PC방 아줌마한테 내일 하루만

니네 엄마 노릇 좀 해 달라고 해."

생각해 보니 그럴 듯했다. 안 해 준다면 몰라도 해 주기만 한다면 이건 완전 땡이다. 두배 엄마라 하고 모셔 가면 누가 의심하겠는가?

"우아, 진짜 잔머리 끝내준다."

우린 PC방으로 갔다. 아줌마가 계산대 위에 놓인 TV에 눈길을 주고 있다. 우리가 들어서자 눈짓으로 아는 체했다. 두배가 의자에 한쪽 엉덩이를 걸치고 담배를 빼물었다. 구석에 초딩들 몇이 있을 뿐 내부는 한산했다.

"니가 얘기 좀 해 주라."

두배가 연기를 내뿜으며 말했다. 자기가 직접 말하기에 창피하다는 것이다. 아줌마에게 갔다. 아줌마가 눈을 들어 나를 바라보았다. 크게 하품하는 아줌마 눈가에 가는 주름이 잡혀 있다.

"평대 학생, 왜 그래?"

"저, 한 가지 부탁드릴 게 있어서요."

내가 머뭇거리자 아줌마가 TV 소리를 줄였다.

"부탁? 무슨 부탁인데?"

"오늘 학교에서 일이 있었는데요."

"왜? 무슨 일인데? 평대 학생한테?"

"제가 아니라 두배한테요."

나는 일이 일어난 자초지종에 대해 아줌마에게 말했다. 내 말을 다 듣고 난 아줌마가 자리에서 일어나며 깔깔대고 웃었다. 만화책에 코를 처박고 있던 두배와 희남이 황당한 눈빛으로 이쪽을 쳐다보았다. 나도 일이 낭패구나 싶어 가슴이 철렁 내려앉았다.

"그러니까 그때, 그게 언제야? 두배 학생이 학교 선생한테 뭐 잘못해서 맞았다고 여기 와서 내가 약 발라 주고 그랬잖아? 그것 때문에 그런 거야?"

내가 그렇다고 했다.

"니네들 진짜 웃긴다. 그러니까 평소에 공부 좀 하지, 선생님이 혼냈다고 선생님 집에 들어가 물건을 훔쳐?"

"훔친 게 아니라요, 들어만 갔어요."

"그게 그거지 뭘."

아줌마가 두배를 불렀다.

"그래, 내일 학교 가기만 하면 돼? 서로 말을 맞춰야 할 것 아냐? 두배 학생 엄마 노릇하려면."

나는 그제야 얼었던 가슴이 녹아내림을 느꼈다.

"내일 몇 시에 가면 돼? 엄마는 뭐해? 가족 관계는? 주소는? 그리고 무조건 잘못했다고 빌어야지? 학교 졸업도 이제 얼마 남지 않았는데 한 번만 용서해 달라고."

두배가 말하는 것을 아줌마가 메모지에 받아 적었다.

"앞으로는 좋은 일로 학교 좀 오라고 해. 상 받는 것 같은 일로."

"죄송합니다."

두배가 머리를 조아렸다.

"몇 시에 가면 돼?"

우린 서로 얼굴을 마주 보았다. 가장 중요한 것이 시간이었다. 학교 아이들 가운데 아줌마 얼굴을 아는 아이들이 있어 자칫하면 들통 나기 때문이다.

"열 시에 오는 게 좋겠는데요."

내가 두배를 보며 말했다. 열 시면 2교시 시작할 때다. 아이들이 모두 수업에 들어가 학교가 조용할 것이다.

"근데 참, 내가 내일 가서 빌어도 진짜 전학 가게 되면 어떡해?"

아줌마가 걱정스런 눈빛으로 물었다.

"상관없어요, 그건. 집에서는 내가 어느 학교 다니는지 관심도 없어요."

"정말이야?"

두배가 그렇다며 침을 찍 갈겼다.

"하지만 두배 학생이 진짜 다른 데로 전학 가게 되면, 내가 그 학교에 또 가야잖아?"

아줌마 말에 두배가 죄송하다며 다시 머리를 조아렸다.

# 삐뚤어지다

결국 두배는 다른 학교로 전학 가게 되었다. 내가 다니는 증진중학교와 같은 학군에 있는 향상중학교였다.

전학 가기 하루 전 우린 만리장성에서 술을 마셨다. 끝까지 내 이름을 불지 않고 의리를 지킨 두배에 대한 고마움에 내가 한턱 쏘는 자리였다.

"야, 진짜 이게 뭐냐. 양아치 학교가 왜 이렇게 이름은 그럴듯한 거야?"

두배가 소주잔을 한 입에 털어 넣고 말했다.

"다 같은 양아치 학교면서 증진은 뭐고 향상은 뭐냐고."

"뭐긴 임마. 학력 증진에 실력 향상이란 뜻이지. 사 분의 사 박자로 딱딱 맞아떨어지는구만."

"어우, 열 받아. 어딜 가도 다 똑같아. 그놈의 학력, 그놈의 향상. 우, 지겨워. 그러니까 우리 같은 지질이들이 발붙일 곳 없는 것 아니냐?"

나와 두배가 소주를 털어 넣는데 흑곰 형이 들어섰다. 학원에서 오는 길이었다. 우린 발딱 일어나 허리 꺾어 인사했다. 흑곰 형이 고개를 끄덕이며 자리에 앉았다. 내가 흑곰 형 잔에 술을 따랐다. 두배를 노려보는 흑곰 형 얼굴이 일그러져 있다.

"얘긴 대충 들었는데, 임마. 그런 일 있으면 나나 종석이한테 미리 말을 했어야지."

흑곰 형이 술잔을 들고 눈을 부라렸다.

"너 만약 그 미친갠가 뭔가 하는 새끼 집에 들어가 진짜 쥐약을 탔다고 생각해 봐. 그래서 사고가 났다고 생각해 봐."

흑곰 형 목소리가 화가 난 듯 팽팽했다.

"그렇게 해서 우리 조직이 발각됐다고 생각해 봐. 끔찍하잖아? 너 하나 땜에 임마 우리가 작살난다고 생각해 봐. 맹약문 세 번째가 뭐야? 조직을 위해 산다, 그렇지 않으면 죽음이다지? 조직을 위해 산다는 게 뭐야? 그렇게 네 멋대로 해도 된다는 거야? 임마, 놀려면 확실히 놀아. 제 감정 하나 추스르지 못해 사고나 치지 말고."

흑곰 형이 단숨에 술을 털어 넣었다. 두배가 무릎 꿇고 연신 죄송하다며 머리를 조아렸다.

“그래, 어떡할 거야?”

흑곰 형이 묻자, "네?", 두배가 눈을 동그랗게 떴다.

“그 미친갠가 뭔가 하는 새끼 어떡할 거냐고?”

두배가 아무 말도 못 하고 고개를 푹 숙였다.

“한 번 까긴 까야 할 것 아냐? 그 일은 나한테 맡기고 넌 학교나 잘 다녀. 알았어? 평대 너도  마찬가지고.”

흑곰 형 말에 나와 두배가 “네”, 대답했다.

두배 없는 학교는 한 마디로 앙꼬 없는 찐빵이었다. 희남이 있었지만 나에게 두배의 존재는 희남이와는 또 달랐다. 희남이도 친하고 늘 함께 어울렸지만 두배처럼 노는 일에 손발이 척척 맞는 것은 아니었다. 쉬는 시간 쏜살같이 달려가 장난치며 놀 수도 없었고, 점심시간 담배를 피우러 같이 나갈 수도 없었다. 학교에서 나는 무엇인가 소중한 것을 잃은 사람처럼 멍하게 있는 때가 많았다.

그렇게 지내던 어느 날. 성적표가 나왔다. 한 달 전에 본 일제고사 성적표였다. 성적표는 우편으로 발송되었다. 그러나 성적이 좋지 않은 아이들은 담임과 특별 면담을 실시해야 했다.

교무실로 갔다. 담임이 의자에 앉아 다리를 꼰 채 발을 까닥거렸다. 보조의자를 내주며 앉으라고 했다.

"안평대. 어디 보자."

담임이 들고 있던 성적표를 책상 바닥에 놓고 내 이름 옆에 V자 표시를 했다.

"넌 평균이 54점, 석차가 반에서 27등. 오히려 중간고사 때보다 더 떨어졌어."

그러면서 담임이 이래 갖고 어디 고등학교나 가겠냐고 나를 올려다보았다. 순간 모멸감에 얼굴이 화끈 달아올랐다. '고등학교를 어디 가든 내가 가는 것이지 선생님이 갑니까? 신경 꺼 주세요.' 이런 말이 목구멍에까지 치밀어 올랐다.

"야, 임마. 3학년이면 공부 좀 해야 할 것 아냐? 너네 엄마 아버지를 생각해서라도 공부를 해야 할 것 아니냐고?"

담임이 들고 있던 성적표로 내 머리를 톡톡 내리쳤다. 아프지는 않았으나 열이 팍 뻗쳐올랐다. 씨바, 왜 어른들 하는 말은 다 똑같아? 그리고 왜 엄마 아버지를 들먹거려? 엄마 아버지라는 말에 나는 반항심이 불끈 솟구쳤다. 자기가 담임이면 담임이지 왜 우리 부모를 가지고 이러쿵 저러쿵 하는가 말이다.

"너 이래 갖고는 고등학교도 그렇고 그런 데밖에 못 가. 거기야 어차피 니들 같은 애들이 모이니까 가기야 가겠지. 하지만 임마, 너 인생 그렇게 살아서는 안 된다. 중학교도 그렇고, 고등학교도 그렇고. 한심하다, 한심해. 벌써부터 이러니 니 인생이 한심해."

담임이 입가에 비웃음을 물었다. 나는 화가 치밀어 담임을 노려보다 눈길을 다른 곳으로 돌렸다. 진짜 생각 같아서는 그대로 면상을 들이받아 묵사발을 만들어 버리고 싶었다. 담임이 들고 있던 성적표를 책상 한쪽에 밀어 놓았다.

"너 왜 그렇게 갈수록 삐뚤어지냐? 얼굴에 불만기가 드글드글 하고?"

담임이 다리를 바꿔 꼬며 말했다.

"공부를 못하면 임마, 인성이라도 좋아야지. 너 그렇게 가다가는 인간쓰레기밖에 안 돼. 알겠냐? 왜 대답이 없어, 임마. 너 우리 학교에서 제일 친한 놈이 누구야?"

"김희남인데요."

"우리 반 김희남?"

"네."

"희남이 그 자식도 그래. 공부를 하면 할 놈이 만날 까불기나 하고. 어휴, 자식들, 끼리끼리 논다더니, 정말."

그러면서 담임이 “앞으로 어떡할 거야?” 하며 의자를 책상 쪽으로 돌렸다. 내가 아무 대답도 하지 않자 볼펜으로 배를 쿡쿡 찌르며 앞으로 어떡할 거냐고 다시 물었다.

“열심히 하겠습니다.”

“그래, 열심히 하겠다는 놈이 이러냐? 정신 똑바로 차려. 너 지금처럼 살다가는 인생 막 내린다. 이게 다 너를 위해 하는 소리야, 알겠냐?”

나는 담임을 힐끗 노려보며 아무 말도 하지 않았다. 교무실을 나서며 나는 주먹을 움켜쥐고 어금니를 꽉 물었다.

‘어우 진짜 열 받아. 왜 이렇게 삐뚤어지냐고? 그리고 반항기가 드글드글 하냐고? 당연하지. 만날 일제고사다 뭐다 하면서 애들을 볶아대는데 삐뚤어지지 않을 놈이 누가 있어?’

나는 집에 와 성적표를 박박 찢어 버렸다.

# 우리 헤어지자는 말은 하지 말자

여름 방학이 가까워졌다. 철사줄처럼 팽팽한 햇살이 7월 한낮을 뜨겁게 달구었다. 학교 교실은 아침부터 찜통이었다. 천장에 에어컨이 달려 있으나 학교에서 틀어 주지 않았다. 우린 끓어오르는 불만에 씨불거리며 벽에 붙은 선풍기만 돌렸다. 그것도 학교에선 틀지 말라고 했으나 우리가 마음대로 튼 것이다. 교실 벽에 붙어 있는 '쥐' 사진이 세모진 눈으로 우릴 쏘아보고 있었다.

나는 희남이와 함께 변함없이 교회에 나갔다. 교회에서 나는 예배 보는 것보다 그 후 함께 하는 중등부 모임이 좋았다. 김현숙을 보는 것도 좋았지만 한결이 형 이야기를 듣는 것도 좋았다. 나는 우리 같은 지질이들이 삐뚤어질 수밖에 없는 이유에 대해 한결이 형만큼 잘 알고 있는 사람은 없다고 생각했다. 형은 우리나라 사람 대부분이 경쟁주의라는 괴물이 걸어 놓은 마법에 걸려 있으며, 그 마법에서 깨어나지 않는 한 우리들의 불행도 그치지 않을 것이라고 했다.

일요일엔 김현숙을 보고 평일엔 지수를 만나면서 나는 김현숙과 이지수를 비교해 보게 되었다. 확실히 김현숙은 성격이 차분하고 이지적이었다. 그녀 몸에 배어 있는 상냥함과 차분함은 그런 성격에서 나오는 것으로, 스스로 그렇게 되고자 오랜 시간 노력한 결과일 것 같았다.

하지만 이지수는 김현숙과 반대였다. 나는 지수를 만나면 김현숙을 잊을 수 있었다. 김현숙은 볼수록 답답함이 느껴졌는데, 이지수는 그렇지 않았다. 이상하게 지수에겐 마음속 깊은 이야기를 털어놓았고, 지수는 그것을 자상한 누나처럼 들어주었다. 똑같이 3학년, 다르다면 이지수는 나와 같이 양아치 학교에 다니며 노는 아이였고, 김현숙은 특수 명문 학교에 다니는 우등생이라는 것이었다.

나는 지수를 우리가 늘 만나는 곳에서 만났다. 희남이네 집 위 산에 있는 묘지에서였다. 날씨가 따뜻해 우린 밤에도 만나 그곳으로 갔다. 어두우면 좀 으스스했으나, 달이 뜨면 그곳보다 좋은 곳이 없었다. 다른 사람 눈에도 띄지 않아 마음대로 놀 수 있었고, 저녁 늦게까지 있어도 시비 걸 사람이 없었다. 나는 그곳을 두배에게도 말해주었는데 두배도 명애를 그곳에서 자주 만나는 것 같았다.

우린 묘지 봉분에 등을 기대고 나란히 앉았다. 계속되는 가뭄에 잔디의 끝이 노랗게 탔다. 하늘에 밝은 달이 떠 주위를 희읍하게 비추었다.

"너 내년에 학교 어디 갈 거냐?"

내가 캔 맥주 뚜껑을 뜯으며 물었다.

"고등학교?"

"응."

지수가 모르겠다며 숨을 길게 내쉬었다.

"우리 같은 애들 모셔갈 데는 없겠고, 아무 데나 가야지. 근데 그건 왜 물어? 넌 어디 갈 건데."

"아냐. 그냥 한 번 해 본 소리야."

내가 맥주를 입에 쏟아 부었다. 과자 봉지를 뜯어 와삭 소리가 나도록 씹었다.

"고등학교 가면 우리 헤어질 것 같아서."

무심코 한 내 말에,

"왜 헤어지고 싶어? 꼭 헤어지고 싶다는 말 같이 들린다."

지수가 맥주를 홀짝거렸다.

"그런 건 아니지만 너나 나나 어디 학교로 갈지 모르는데, 멀리 가면 못 만나잖아?"

"헤어지면 헤어지는 거지, 뭐."

지수가 아무렇지 않게 말했다.

"진심이야?, 지금 한 말 진심이냐고?"

내가 지수를 끌어안으며 옆구리를 간질였다. 지수가 킥킥대며 나에게 몸을 기대왔다. 웃고 있는 그녀의 이빨이 달빛에 하얗게 드러났다. 나는 반쯤 벌려 있는 그녀의 입에 내 입술을 갖다 댔다. 그녀가 숨을 깊이 들이마시며 눈을 감았다. 그녀의 숨결에서 조금 전 마신 맥주 냄새가 났다. 지수의 입술에 키스하며 나는 한 손으로 그녀의 가슴을 더듬었다. 티셔츠 윗단추를 풀어 벌어진 틈으로 손을 집어넣었다. 순간 지수의 몸이 꿈틀거렸고, 두 팔로 내 목을 감아 상체를 거세게 밀착시켜 왔다.

"오늘은 그냥 이대로 있자."

지수가 거친 숨을 내뱉으며 말했다. 내가 알았다며 고개를 끄덕였다. 그녀가 두 팔에 힘을 주어 내 목을 꽉 끌어안았다. 나도 그녀의 허리를 꽉 끌어안았다.

"우리 헤어지자는 말은 하지 말자, 응? 헤어질 때 헤어지더라도 그런 말 하지 않기로 해. 나 싫어."

내가 고개를 끄덕였다. 우린 그렇게 오랫동안 포옹하고 있었다. 나뭇잎을 흔들며 지나가는 바람이 우수수 소리를 냈다. 얼굴에 와 닿는 밤공기가 후텁지근했다.

"난 인문계 학교는 안 갈 거야. 실업계 갈 거야."

지수 말에,

"나도 그래."

내가 말하며 맥주를 입에 쏟아 부었다.

"공부도 못하는데 인문계 가서 바닥을 기느니, 실업계 가서 자격증 따 취직하는 게 나아. 그게 훨씬 자유롭고 나한테 맞는 것 같아."

지수가 고개를 숙인 채 묘지의 잔디를 뜯었다. 멀리 차도를 따라 달리는 자동차 불빛이 희미하게 보였다. 담배에 불을 붙여 지수에게 건넸다. 지수가 받아 가늘게 연기를 뿜어냈다.

"방학하면 뭐 할 거야?"

"방학하면? 글쎄, 학교 나가야지 않나? 넌 뭐할 건데?"

"나도 특별한 계획 없어."

지수 말에 대답하며 나는 앞에 있는 묘지의 풀을 담뱃불로

태웠다.

## 이문권

방학이 끝나고 학교는 다시 예전처럼 돌아갔다. 우린 아침 0교시 수업에 늦지 않기 위해 비탈진 언덕을 뛰어야 했다.

두배 없는 학교는 그야말로 심심하기 짝이 없었다. 희남이와 어울리긴 했지만, 솔직히 두배가 있을 때보다 훨씬 재미없었다. 흑곰 형이나 종석이 형이 주는 물건을 아이들에게 꼬박꼬박 팔았지만 그것도 그때뿐이었다. 하루하루 지내는 학교생활이 끝도 없이 늘어나는 고무줄 같아 지겹기만 했다.

5교시 체육시간. 점심 먹고 나는 희남이와 함께 운동장으로 나왔다. 먼지가 자욱이 이는 운동장에 아이들이 공을 쫓아 내달렸다. 구름 한 점 없는 하늘에 태양이 머리꼭지에서 이글대며 타올랐다. 아이들 몇몇이 철봉에 매달려 있다. 희남이 나에게 오랜만에 철봉을 해 보라고 했다.

"더워 죽겠는데, 철봉은 무슨?"

"그래도 우리 학교에서 네가 제일 잘 하잖아?"

"압박 붕대도 없어."

철봉에 매달려 회전하기 위해서는 손목에 압박 붕대를 감아야 했다.

"회전하지 말고, 턱걸이나 거꾸로 매달렸다 떨어지는 것 있잖아?"

"좋아 한번 해 볼까."

내가 땅바닥의 흙을 손에 묻힌 후 껑충 뛰어올라 철봉을 잡았다. 햇볕에 달아오른 철봉이 불에 달군 것처럼 뜨거웠다. 철봉에 매달린 몸이 시계추처럼 흔들렸다. 나는 숨을 들이마신 후 발을 굴러 단숨에 철봉 위로 솟구쳐 올랐다. 그런 다음 다시 발을 굴러 그대로 한 바퀴 빙그르 돌았다. 그렇게 서너 바퀴 돈 다음, 이번엔 오른 발을 철봉에 끼고 다시 몸을 돌렸다. 철봉 하는 내 모습을 보기 위해 아이들이 몰려들었다. 기분이 삼삼했다. 나는 이번엔 두 발의 오금을 철봉에 매단 채 거꾸로 매달렸다. 피가 거꾸로 몰리며 얼굴이 화끈거렸다. 나는 철봉에 매달린 채 팔을 휘저어 앞뒤로 몸을 흔들었다. 그러다 어느 순간 상체가 가장 앞으로 나왔다 싶은 순간 철봉에 걸린 다리를 풀어 땅에 착지했다. 몰려 선 아이들 입에서 탄성이 터져 나왔다.

"누구 손수건 있냐?"

나는 옷매무새를 바로 한 다음 아이들을 둘러보며 말했다. 압박 붕대 대신 손수건을 쓸 생각이었다. 한 아이가 주머니에서 손수건을 꺼내주었다.

"하나 갖곤 안 되는데."

내 말에,

"누구 하나 더 없냐?"

희남이 말했다.

"이걸로 해."

몰려 선 아이들 중 하나가 말했다. 이문권이라는 아이였다. 문권이는 여름 방학 끝나기 전 우리 학교로 전학 와 나와 한 반이 된 아이였다. 나는 손수건 두 개를 희남에게 맡긴 후 철봉으로 다시 껑충 뛰어올랐다. 내가 철봉에 매달려 있는 사이 희남이 내 손목과 철봉을 손수건으로 묶었다. 나는 철봉에 매달린 채 힘차게 발을 굴러 앞뒤로 몸을 흔들었다. 흔들리는 몸에서 이는 바람에 땅바닥의 흙먼지가 풀풀 날렸다. 나는 몸을 최대한 높이 올라가도록 발을 굴렀다. 마치 그네를 탈 때 더 이상 올라

갈 수 없을 정도로 그네를 굴러 하늘 끝으로 치솟아 오르는 것처럼. 내 몸은 철봉과 수평이 되도록 하늘 위로 솟구쳤다. 이제 여기서 조금 더 힘을 주면 철봉과 수직으로 설 것이고, 그 힘에 의해 몸이 풍차처럼 회전할 것이다. 나는 철봉 잡은 손을 굽혔다 펴며 최대한 배를 퉁겨 앞으로 치솟았다. 내 몸이 철봉을 쥔 손을 중심으로 회전하기 시작했다. 한 바퀴, 두 바퀴…. 아이들이 환호성을 지르며 돌아가는 회전수를 세기 시작했다. 나는 열두 바퀴를 돈 다음 철봉에서 내려왔다. 이마에 땀이 번들거리고 손바닥이 숯불에 닿은 것처럼 따가웠다.

체육 선생이 공을 내주며 축구하라고 했다. 나는 희남이와 함께 수돗가로 갔다. 수도꼭지를 틀었으나 물이 나오지 않았다. 목이 타는 것 같았다. 하늘을 올려다보니 쟁반만한 태양이 이글거리고 있었다. 운동장 가에 심어진 나뭇잎에도 수도꼭지에도 먼지가 보얗게 쌓여 있었다. 입 속에 침이 말랐다. 부리나케 급식실로 갔다. 그곳에선 물을 마실 수 있었다. 돌아와 보니 문권이가 희남이와 같이 이야기하고 있었다.

"너 진짜 철봉 잘하더라."

문권이 나를 보며 말했다. 나는 "뭘", 하며 어깨를 으쓱했다.

"평대는 철봉도 잘하지만 진짜 주특기는 기계 체조야. 텀블링, 백텀블링은 말할 것 없고, 책상 위에서 뛰어내리며 공중회전을 한다니까.”

희남이 하회탈 같은 얼굴에 웃음을 머금었다.

“근데 너 어디서 전학 왔다고 했지?”

내가 물었다. 2학기 개학 첫날 담임이 말했지만 별 관심이 없었다. 게다가 문권이 전학 와 2주 가까이 되었지만, 그 아이의 존재가 눈에 들어오지 않았다. 문권이는 학교에 와서 끝날 때까지 자기 자리에서 움직이지 않았다. 생긴 건 보통 키에 얼굴이 하얗고 안경까지 써 귀티 나게 보였다. 그렇지만 하는 짓은 좀 황당했다. 친구를 사귀려고도 안했고 다른 애들이 말을 걸어도 대꾸조차 하지 않았다. 어디 한 구석 나사가 빠진 사람처럼 멍해 보였고 스스로 왕따가 되길 자청한 아이 같았다.

“서울국제중”

“뭐? 국제중?”

나는 나도 모르게 목소리를 높였다. 세계화 시대에 걸맞은 경쟁적 인재 육성을 위해 설립했다는 그 유명한 학교. 전국에 몇 안 되는 바로 그 서울국제중학교에서 전학 왔단 말인가?

“근데 왜 우리 학교로 왔어?”

혼란스러웠다. 전학이야 자기가 원하는 대로 갈 수 있지만 영재 중의 영재들이 모인다는 서울국제중학교에서 양아치 학교인 우리 학교로 전학 오다니. 우리 같은 아이들로서는 이해할 수 없는 일이었다.

"그냥 왔어."

"그냥 와?"

더더욱 알 수 없었다. 나는 우리 시대 천연기념물을 구경이라도 하듯 문권이를 다시 살펴보았다. 곱상하고 귀티 나는 외모를 제외하면 우리와 특별히 다른 점은 없어 보였다.

0교시 자율학습 시간. 담임이 나를 불러 문권이와 친하냐고 물었다. 나는 아니라고 했다. 그러면서 잽싸게 머릿속으로 내가 뭐 잘못한 게 없나 생각해 보았다.

"문권이가 우리 반에서 너하고만 말을 해."

담임이 말했다.

"희남이도 같이 얘기했는데요."

"그러니까 임마, 너하고 희남이하고만 한다고."

그러고 보니 그런 것 같았다.

"근데 왜요?"

"응, 문권이가 친구를 못 사귀어서 문권이 엄마 걱정이 크거든. 그러니까 네가 문권이하고 잘 놀아주라고. 얘기도 많이 하고, 알았어?"

내가 고개를 끄덕였다. 하지만 다른 애들도 친구를 그렇게 사귀려고 애쓰지 않았다. 각자 알아서 공부하고 학원가고 컴퓨터 했다. 그런 면에서 보면 나와 두배, 희남이는 친구로서는 별종이었다. 우리처럼 그렇게 붙어 다니는 아이들이 또 있을까? 게다가 두배는 미친개한테 3일 동안 얻어터지며 닦달을 받았는데도 끝내 내 이름을 불지 않았다. 내 친구 두배가 한층 더 소중하게 생각되었다.

# 우울증

문권이는 학원에도 다니지 않았다. 수업 끝나면 나처럼 집에 갔다. 어느 땐 문권이 엄마가 문권이를 데리러 오기도 했다. 나는 그 애 엄마에게 인사했다. 그 애 엄마 말에 의하면 문권이는 밤에 잠도 잘 못 자며 늘 두통에 시달린다고 했다. 공부 시간에도 멍, 쉬는 시간에도 멍, 그는 늘 말없이 멍하게 있었다. 수업 시간 설명도 듣는 둥 마는 둥, 모든 일이 귀찮고 피곤해 보였다. 문권이는 나와 희남이하고만 겨우 말을 했다. 그러나 그것도 그가 먼저 말을 걸어오는 일은 없었다.

한 번은 문권네 집에서 자고 오게 되었다. 문권이 엄마가 너무나 간절히 문권네 집에 가자고 부탁해서였다. 문권네 집은 우리 집과는 반대 방향인 시내 쪽에 있었다. 기와지붕에 한옥이었는데 아버지가 서울 시내 무슨 대학 교수였다.

"철봉을 잘한다며? 우리 문권이가 너한테 반한 것 같더라."

문권이 엄마가 나무 쟁반에 주스와 과일을 가져왔다. 문권이 누가 반했냐며 눈을 흘기자, 문권이 엄마가 그래그래 아니라며, 어쩔 줄 몰라 했다. 문권이 앞에서 문권이 엄마는 꼼짝 못했다. 문권이 방엔 벽 한쪽이 책으로 꽉 채워져 있었다. 노란 원목으로 된 책장에 처음 보는 책들이 빼곡히 꽂혀 있었다.

"너 이 책 다 읽었어?"

"응, 대충."

문권이 책엔 관심 없다는 듯 시큰둥하게 대답했다.

"그쪽 학교에선 통학했니?"

"아니. 거긴 전원 기숙사 생활이야."

"배우는 것도 우리하고 다르지?"

"응. 기본적인 건 대충 훑어보고, 나머지는 개인 수준에 따라 집중 교육을 받아."

"기본적인 게 뭔데?"

"교과서 같은 거."

나는 깜짝 놀랐다. 우리가 일 년 동안 죽으라고 배우는 교과서를 그곳 아이들은 각자 알아서 훑어본다니. 하긴 어쩌면 그럴

수도 있겠다 싶었다. 서울국제중학교가 어떤 곳인가? 한 학년에 소수 정예 40명만 뽑아 세계적 인재로 키운다는 곳이 아닌가. 그러니까 초등학교를 전교 1등으로 졸업해도 들어가기 어려운 곳이 바로 서울국제중학교였다. 나는 확실히 문권이 같은 애들은 우리와 같은 인간이 아니구나 싶었다. 우리 같은 지질이들과는 확실히 다른 별종임에 틀림없었다.

"학교 시설도 끝내주지?"

"응. 도서관에 책이 만 권도 넘어. 언제든지 읽고 싶은 책이 있으면 국내 서적이든 원서든 목록만 제출하면 금방 들어오니까. 그리고 개인별 자습 공간이 따로 있는데, 자습계획서를 제출하고 언제든지 쓸 수 있어. 외국인과 화상으로 채팅 수업도 하고."

"외국인과 채팅 수업도 해?"

그가 그렇다고 했다.

"그런데 왜 전학 왔어?"

"못 견디겠더라."

그의 낯빛이 어두워졌다. 그가 애써 기억을 지우려는 듯 고개를 흔들었다.

"거긴 전부 똑같은 우등생이잖아. 전교에서 2등 한 애도 없어. 전부 1등만 하다 온 애들이니까. 그 애들끼리 모여 경쟁하니까 도저히 성적이 안 오르는 거야. 나도 처음 그 학교 들어가서는 중간 정도 했어. 엄마 아빠 모두 충격 먹었지. 초등학교 때까진 전교 1등을 놓쳐 본 적이 없는데, 중학교에 가서 반에서 20등 했으니까, 나도 충격 먹었지. 나는 나 자신을 의심했어. 내 능력이 이것밖에 안 되나 싶더라고. 정말 우물 안의 개구리였나 싶었던 거야. 그래서 미친 듯이 공부했어. 한번 어떻게 되는지 알아보려고. 기숙사 한 방을 둘이 같이 쓰는데, 내 룸메이트가 잠들면 나만 살짝 일어나 화장실에 불을 켜놓고 밤을 새워 공부했어. 쉬는 시간에도 식사 시간에도 정말 잠자는 시간만 빼고, 아니 나중엔 잠도 안 잤어. 밤을 꼬박 새면서 공부했는데, 성적이 더 이상 안 오르는 거야. 미치겠더라고. 1학년은 그렇게 해서 중간 정도 유지했는데, 2학년 되니까 성적이 오히려 더 떨어지는 거야. 그래, 자포자기 했지. 아무래도 난 안되나 보다 싶었던 거야."

문권이 유리잔의 주스를 마셨다. 호흡이 거칠어지는 것으로 보아 몹시 피곤한 것 같았다.

"힘들면 말 안 해도 돼."

내 말에 문권이 고개를 저었다. 예전엔 감히 이런 말 입 밖에 내지도 못했는데 지금은 말할 수 있다고 했다. 그는 그동안 굶주렸던 말을 한꺼번에 쏟아 내려는 듯이 말을 이어갔다.

"뭘 해도 자신감이 없고, 집중력도 떨어지고, 머리도 아프고 나중에는 진짜 자포자기, 죽고 싶은 생각밖에 안 드는 거야. 내가 그렇게 학교생활에 적응을 못 하니까 엄마가 학교에 불려 왔어. 엄마는 내가 학교생활에 힘들어 하는 줄 알고는 있었지만, 상태가 그렇게까지 심각한 줄은 몰랐지. 난 학교를 자퇴하겠다고 했어. 그러지 않으면 죽어 버리겠다고 했지. 그러니까 엄마가 막 울더라. 그래도 어떡해? 나는 자퇴하고 검정고시 보겠다고 했지. 실제로 그런 애들이 있거든. 일 년에 몇 명씩 나와. 미치는 것보단 나으니까. 그래서 나도 자퇴하겠다니까 그럼 전학을 하래. 3학년이고 이제 얼마 안 있으면 졸업이니까 자퇴보다 전학이 낫겠다며."

과일을 집는 문권의 손이 가늘게 떨렸다. 나는 그가 너무 말을 많이 하는가 싶어 한편으로 불안했다. 학교에서 보았던 문권의 모습과는 전혀 딴판이었다.

"그래서 바로 전학을 하려고 했는데, 병원 가서 약 먹고 상태가 좋아지니까, 다시 없었던 일이 돼 버린 거야. 엄마 아빠는 공부 안 해도 좋으니까 너무 스트레스 받지 말고 다른 애들

하는 대로 따라하면서 졸업이나 하라고 하고. 그러면서 3학년이 됐는데, 도저히 안 되겠더라. 결국 의사와 의논해서 전학하기로 했지."

나는 문권의 말을 들으며 별 희한한 일이 다 있구나 생각했다. 우리 같은 아이들은 공부는 못해도 평생 우울증엔 걸리지 않을 것 같았다. 나는 일부러 우울해지고 싶어도 무식해서 그런지 우울해지지 않았다. 문득 김현숙이 생각났다. 그 애도 우울할까?

"지금도 약 먹니?"

그가 그렇다고 했다.

"병원은?"

"병원도 다녀. 한 달에 한 번."

"공부는 해?"

"응. 공부는 조금씩 집에서 해."

"고등학교는 어디 갈 건데?"

"보통 애들 가는데 가려고."

문권의 말에 내가 고개를 끄덕였다. 나는 여러 가지 문권에 대해 궁금한 게 많았다.

"너도 죽으려고 해 봤어?"

내 말에 그가 말없이 손목을 내밀었다. 무수한 칼금이 그어져 있었다. 그는 식은땀이 나도록 공부를 했는데도 성적이 오르지 않아 절망한 나머지 동맥을 끊으려고 손목을 그었다고 했다.

"너 담배 피워봤어?"

내가 불쑥 물었다. 그가 얼굴을 찡그리며 손사래 쳤다. 나는 어쩐지 문권이가 우리처럼 술도 마시고 담배도 피우면서 놀다 보면 우울증도 나을 것처럼 생각되었다.

# 우표

나는 우울증에 대해 인터넷으로 찾아보았다. 내가 문권에게 도움을 줄 수 있는 일이 무엇일까 알아보기 위해서였다. 햇볕을 많이 쬐는 게 우울증 치료에 좋다고 나와 있었다. 하루 20분 이상 햇볕을 쬐고 적당량 운동을 할 것. 그리고 술과 담배는 절대 금물, 중추신경에 장애가 와 상태를 더 악화시킬 수 있다는 것이었다. 나는 그를 위해 쉬는 시간에 밖에 나와 함께 놀았다. 햇볕을 쬐고 장난치며 몸을 움직였다. 그럴 때마다 우리 같은 지질이들이 감히 대한민국 최고의 영재와 함께 어울린다는 생각에 야릇한 느낌이 들기도 하였다.

내가 문권이와 친하게 지내자 문권이를 건드리는 애는 없었다. 솔직히 문권이는 내버려 두면 왕따 당하기 딱 알맞은 애였다. 그러나 그런 일은 없었다. 인상 한 번 긁으면 곧 평정되었고, 내가 친하게 지내자 다른 아이들도 그의 환심을 사려고 했다. 특히 내 짝 박세교는 자기가 만든 이상한 사자성어, 예를 들면 '무골여견립(無骨女見立)' 같은 말을 가져와 문권에게 들이대며 킬킬거렸다.

나는 문권에게 아이들에게 파는 물건을 보여주었다. 담배도 보여주고, 볼펜과 시계, 열쇠고리도 보여주었다.

"너도 하나 사."

내가 그의 표정을 살피며 말했다. 그가 얼굴에 붉은 빛을 띠며 성교하는 모습의 열쇠고리와 여자 나체가 나오는 볼펜을 샀다.

문권인 대부분 엄마가 차로 학교까지 데려다 주었다. 0교시 자율학습은 면제되었고, 병원 가는 일로 조퇴하는 때가 많았다. 학교에서 문권이 엄마를 만나면 나는 넙죽넙죽 인사했다. 그러면 그녀는 핸드백을 열어 나에게 돈을 쥐어 주며 집에 놀러 오라는 말을 잊지 않았다. 그는 점심 식사 후 분홍색 알약 두 알을 먹었다. 세라톤이라는 우울증 치료제였는데, 그걸 먹으면 기분이 좋아진다고 했다. 문권이 엄마가 학교에 와 담임을 만나고 가면 담임은 예외 없이 나를 불렀다. 나 때문에 문권이가 많이 좋아지고 있다며 더 친하게 지내라고 했다.

그런 어느 날, 교회에 갔다. 예배 후 우린 늘 하는 대로 중고등부 모임을 가졌다. 점심 식사를 마치고 아이들 몇은 탁구를 치러 가고, 또 몇몇은 한결이 형 기타 반주에 맞춰 노래를 불렀다. 맞은편에 있던 아이들이 갑자기 김현숙을 중심으로 빙 둘러 앉았다.

"이게 뭐야? 우표 아냐? 어디서 났어?"

아이들이 왁자지껄 떠들어댔다. 그들의 말소리가 우리가 있는 곳까지 들렸다. 노래를 부르다 말고 우린 그곳으로 갔다. 김현숙이 우표 수집 책을 펼쳐 놓고 있었다.

"현숙이 이거 네가 모은 거야?"

"네, 아빠랑요."

"얼마 동안 모은 거야?"

"아빠는요, 제가 태어나기 전부터 모았대요. 전 초등학교 4학년 때부터 했구요."

"와, 굉장하다."

한결이 형이 우표 수집 책을 처음부터 넘겨보았다. 한국 우표에서부터 동남아, 미국, 유럽 국가들의 우표까지 세계의 우표가 다 모아져 있었다.

"이거 전부 몇 장이나 돼?"

"7백 장쯤 될 걸요."

"굉장하다. 돈으로 따져도 엄청나겠는데."

그날 화제는 단연 김현숙이 가져온 우표였다. 우표 가운데는 쓰지 않은 것도 있었다. 크기도 제각각이어서 어느 것은 엄지손톱보다 조금 큰 것도 있고, 어느 것은 손바닥 반 장 정도 되는 것도 있었다.

"이거 다 어떻게 모은 거야?"

"전에 이메일이 안 될 때는요, 우표를 많이 사용했대요. 국가에 무슨 중요한 일이 있으면 그것을 기념하기 위해 기념우표를 발행하기도 했구요. 그러면 아빠가 그때마다 우체국에 가서 사기도 하고, 우표 가게에 가서 구하기도 했대요."

"요즘엔 우표 안 쓰잖아?"

"예전보단 많이 안 쓰는데 그래도 아직 쓴대."

"우표를 지금도 쓴다고?"

내 말에 김현숙이 눈을 들어 나를 바라보았다. 순간 서로의 눈빛이 부딪혔다. 얼굴이 화끈 달아올랐다.

"지금도 우표 가게 있어. 우체국에서도 팔고."

"우체국 말고는 없어?"

"인사동에 있어. 옛날 돈 사고파는 데."

'인사동?'

인사동이란 말에 머릿속에 불이 반짝 켜지는 것 같았다. 우린 갑자기 우표 가격에 대해 열을 올렸다. 오래된 것일수록 비쌀 것이라는데엔 모두 동의했지만 팔 때 가격의 몇 퍼센트까지 받을 수 있느냐는 거였다.

"쓰지 않은 우표일수록 비싸고, 우표 네 귀퉁이에 있는 톱니 있잖아? 그 톱니가 상하지 않을수록 비싸대."

김현숙의 말에 아이들 모두 우표 톱니를 들여다보았다.

"진짜, 왜 우표에는 톱니가 있지?"

"쉽게 떼서 팔라고 있지."

내 말에 아이들이 와그르 웃었다.

탁구 치러 갔던 아이들이 돌아왔다. 아이들이 저마다 우표를 보며 떠들어 댔다.

"자, 좀 둥그렇게 앉아 보자."

한결이 형이 손뼉을 치며 말했다. 우린 자리를 넓혀 둥그렇게 앉았다.

"현숙이처럼 무엇인가 수집해 본 사람 있어?"

한결이 형 말에 어느 고등학생 형이 성냥갑을 수집하고 있다고 했다. 또 누군가는 화장품 샘플 병을 수집하고 있다고 했다.

"나는 병따개를 수집해 봤는데…."

한결이 형이 안고 있는 기타 줄을 어루만지며 말했다.

"몇 개나 모았어요?"

"약 150개?"

"얼마 동안요?"

"오 년도 더 됐을 걸. 처음엔 열심히 모았는데 시간이 가면서 열기가 식었지."

형이 가볍게 기타 줄을 튕겼다.

"학교 다닐 때 뭔가 꾸준히 해 본다는 게 참 중요한 것 같아. 일기를 쓴다든가, 현숙이처럼 우표를 모은다든가, 그런 일을 통해 자기만의 성취감을 느껴 보는 게 아주 중요한 것 같아."

그러면서 형이 병따개 수집할 때의 일에 대해 이야기했다. 나는 형 말을 들으며 인사동에 가서 우표를 훔쳐야겠다고 생각했다.

# 우표를 훔치다

아무래도 우표 책을 통째로 들고 올 수는 없는 일이었다. 우표 책 속에 꽂혀 있는 우표를 들키지 않게 훔쳐야 하는데 그게 쉽지 않을 것 같았다. 나는 우표 책을 하나 만들어 훔치는 연습에 들어갔다. 우표는 앨범 같은 우표 책에 칸마다 꽂혀 있었다. 그러니까 우표를 사려고 구경하는 척 하면서 책장을 넘길 때 순간적으로 책 속의 우표를 뽑아내야 했다. 나는 희남이와 함께 연습용 우표 책을 만들었다. 빳빳한 종이 한 장에 스카치 테이프를 붙인 후 그곳에 우표 만하게 종이를 오려 꽂았다.

"너 우표 훔쳐서 김현숙 주려고 그러지?"

희남이 하회탈 같은 얼굴로 켈켈 웃었다.

"응."

나는 진지하게 대답했다. 나는 정말로 우표를 가져다주어 그녀의 환심을 사려고 마음먹었다. 그리고 그렇게까지 해서 안 되면 직접 말을 걸어 볼 생각이었다. 연습을 하는 중간 중간 사소한 문제가 발생했다. 우표를 훔치려면 절대적으로 두 사람이 필요했다. 두 사람이 마주 앉아 우표 책을 가운데 두고 마치 구경하듯 우표를 보면서 책장을 넘길 때 우표를 뽑아내야 하는데, 희남이 연습을 거부했기 때문이었다. 그는,

"안평대 군, 오르지 못할 나무는 쳐다보지도 말아요."

하며 케득케득 나를 놀렸다. 그럴 때마다 나는 손발이 닳도록 빌어 겨우 그와 함께 연습할 수 있었다.

나는 연습에 연습을 반복했다. 처음엔 우표 책에서 우표를 뽑아내는 동작부터 연습했다. 나는 책장을 넘길 때 뒷면에 꽂힌 우표를 오른손 가운데손가락으로 튕겨 밖으로 뽑아냈다. 그런 다음 뽑혀 나온 우표가 옷소매 속으로 쏙 들어가게 해야 하는데, 그것은 마치 엄지손가락과 가운데손가락을 딱딱 소리가 나게 튕길 때 하는 동작과 비슷했다. 집에서도 학교에서도 버스 안에서도 나는 연습에 연습을 거듭했다. 자연스럽게, 실수 없이, 전혀 눈치채지 못하게 될 때까지. 그리고 만일을 위해 돈도 준비했다. 훔치다 들키면 그 자리에서 우표를 사 버릴 생각

이었다.

일주일 정도 연습하자 우표 뽑는 일은 마음대로 되었다. 그런데 그렇게 뽑아져 나온 우표가 옷소매 속으로 잘 들어가지 않았다. 소매가 좁아 번번이 소매 끝에 걸렸다. 나는 세탁소에 가 소매를 늘렸다.

토요일 오후. 나와 희남이 인사동에 갔다. 쏟아져 나온 인파로 거리가 붐볐다. 우린 모자를 하나씩 눌러 쓴 후 우표 가게를 찾아 들어갔다. 유리 진열장 밑에 코팅한 옛날 돈과 우표들이 진열되어 있었다. 우리 말고 손님이 더 있었다. 소파엔 외국인도 앉아 있었다. 우리가 진열장 속 견본을 구경하자 주인이 무얼 찾느냐고 물었다.

"우표를 보려고요, 우표 수집하거든요."

주인이 콧잔등에 내려온 안경테를 밀어 올리며 우리를 주시했다. 머리가 하얀 할아버지였다. 우린 짐짓 시선을 다른 곳으로 돌렸다.

"어떤 우표를 사려고?"

"아무 거나요."

"우리나라 것, 외국 것?"

"우리나라 거요."

할아버지가 우표 책 몇 권을 꺼내 주었다. 우리나라 것과 동식물 우표였다. 나는 희남이와 마주 선 채 진열장 위에서 우표 책을 넘겨 보았다. 새것도 있고 이미 사용하여 도장이 찍힌 헌 것도 있었다. 나는 우표 책과 옷소매의 각도를 조절한 다음 처음부터 다시 우표 책을 한 장 한 장 넘겼다. 그러면서 윗줄에 꽂힌 우표 중 마음에 드는 것을 손끝으로 튕겨 뽑아냈다. 가슴이 두근대고 입에 침이 말랐으나 마음은 의외로 차분했다. 나는 희남이와 머리를 맞대고 우표를 구경하는 척 키득대며 떠들었다. 그러면서 사는 것처럼 몇 장은 뽑아 주인 눈에 띄도록 진열장 위에 놓았다.

희남이 진열장에 뽑아 놓은 우표 값을 계산했다. 주인이 돈을 받은 후 우표 책을 진열장 밑에 내려놓았다. 나는 소매 속에 들어 있는 우표가 쏟아지지 않도록 조심하며 가게 문을 나섰다. 우린 뛰다시피 지하도를 건너 택시를 잡았다.

# 대학 가서 만나요

나는 우표를 희남을 통해 전해 줄까, 아님 내가 직접 전해 줄까를 놓고 고민했다. 그러다 내가 직접 전하기로 했다. 그동안 희남을 통해 여러 번 편지를 했는데도 아무 반응이 없어서였다. 나는 훔쳐 온 우표를 선물 봉투에 정성스레 넣은 다음 교회에 갔다. 예배 후 중등부 모임 내내 나는 김현숙만 주시했다. 그녀는 나를 전혀 의식하지 못하는 듯 전과 다름없이 자연스럽게 행동했다. 나는 희남에게 오늘은 먼저 집에 가라고 말했다. 눈치챈 희남이 "꿈 깨세요, 꿈 깨.", 하며 키득거렸다. 나는 놀리는 희남이 얄미워 한 대 패주고 싶었다.

교회에서 쏟아져 나온 아이들이 제각각 흩어졌다. 나는 김현숙의 뒤를 따라갔다.

"니네 집 이쪽 아니잖아?"

김현숙과 같이 가던 여자애들이 나에게 말했다. 나는 얼굴이 화끈 달아올랐으나 애써 태연한 척 다른 일 때문이라고 했다. 앞서 가던 아이들이 큰길에서 버스를 기다렸다. 나도 곁에서 기다렸다. 어색했다. 손과 시선을 어디에 두어야 할지 몰라 난감했다. 다른 여자애들이 먼저 온 버스를 타고 가 정거장엔 나와 김현숙만 남았다. 김현숙이 나를 힐끔 바라보았다. 몇 번 헛기침을 한 후 그녀에게 다가갔다.

"시간 있으면 얘기 좀 할래?"

"무슨 얘기?"

김현숙이 눈을 동그랗게 떴다.

"잠깐이면 되는데."

"무슨 말인데 그래?"

"아니야, 그냥."

내가 쭈뼛대며 머리를 긁었다.

"너 전에 내가 쓴 편지 받았어? 희남이가 전해 준 거."

그녀가 그렇다며 고개를 끄덕였다. 가지런히 빗어 내린 단발머리가 귀 밑에서 찰랑거렸다.

"그것 때문인데…."

내가 말을 채 마치기도 전에 버스가 왔다.

"나중에 얘기하면 안 돼?"

그녀가 말하며 버스에 올랐다. 나도 무작정 따라 올랐다. 그러는 나를 보고 그녀가 "너, 왜 이래?", 하며 얼굴을 붉혔다. 버스엔 사람이 많지 않았다. 그녀는 버스 중간쯤 의자에 앉았다. 나도 맞은편 의자에 앉았다. 우린 앞만 본 채 서로 아무 말도 하지 않았다. 버스가 흔들리는 대로 몸을 흔들며 나는 터질 듯한 심장을 애써 가라앉혔다. 버스 안 사람들의 시선이 모두 나에게 쏠리는 것 같았다. 얼굴이 고추장을 처바른 듯 화끈거리고 개미가 기어가듯 목덜미가 서물거렸다.

그렇게 얼마쯤 지났을까. 김현숙이 자리에서 일어났다. 나도 따라 일어났다. 그녀가 나를 힐끗 바라본 후 핸드폰을 꺼내 들었다. 아마도 집에 전화 하는 것 같았다. 차에서 내렸다. 그녀가 통화하는 것을 보자 마음이 갑자기 바빠졌다.

"얘기 좀 하자니까."

내가 앞서 가는 그녀의 팔을 잡았다. 그녀가 내 팔을 뿌리치며 빠른 걸음으로 성큼성큼 걸었다. 내가 뛰어가 그녀 앞을 가로막았다.

"잠깐이면 돼."

"왜 이래, 난 할 얘기 없는데."

그녀가 숨을 몰아쉬었다.

"야, 그렇게 편지 했는데 답장 한마디 없냐?"

"답장을 왜 써. 난 너 관심도 없는데."

관심 없다는 말에 몸의 기운이 쫙 빠졌다.

"정말이야?"

"그래, 정말이야."

그녀가 씨근대며 몸을 홱 돌려 앞으로 나갔다. 기가 막혀 말이 나오지 않았다. 분노라기보다는 허탈감이 온몸을 엄습했다. 손에 들고 있던 선물 봉투를 내려다보았다. 순간 쓰레기통에 확 처박아 버리고 싶었다. 그러나 그럴 수 없었다. 여기서 이렇게 쉽게 물러서면 안 된다고 생각했다. 그녀는 벌써 저만치 앞서 가고 있었다. 헐레벌떡 뛰어 그녀를 쫓아갔다. 큰길에서 골목길로 접어든 그녀가 이층 집 파란 대문 앞에 멈춰 섰다. 그러면서 뒤쫓아 온 나를 노려보았다. 나는 더 이상 접근하지 못한 채 엉거주춤 서 있었다. 그녀가 초인종을 눌렀다. 잠시 후 딸깍, 문 열리는 소리가 들리고 그녀가 집 안으로 들어가 버렸다.

'어우, 진짜 열 받네.'

나는 서성대며 어찌할까 망설였다. 완전 닭 쫓던 개 꼴이었다. 여기서 조용히 돌아가는 게 좋을 듯싶다가도 은근히 오기가 발동했다. '니가 공부를 잘하면 잘했지, 그렇게 잘났냐?' 나는 속으로 중얼대며 그 집 초인종을 눌렀다. 잠시 후 "누구세요?", 하는 소리가 스피커에 들렸다.

"김현숙 학생 집이죠?"

나는 침을 꿀꺽 삼켰다. 그녀의 목소리가 아닌 것 같았다.

"예. 그런데, 누구세요?"

"저, 안평대라고 합니다. 현숙이하고 같은 교회 다니는데요."

"잠시만요."

그러고 나서 한참 시간이 지나도록 문이 열리지 않았다. 나는 다시 초인종을 누를까 하다 기다렸다. 엉거주춤 문 앞에 서 있는데 대문이 화라락 열리고 거무스름한 웬 호랑이 같은 남자가 튀어나왔다.

"뭐야, 임마. 너 왜 우리 현숙이 따라다녀, 어?"

그가 다짜고짜 내 머리통을 손바닥으로 후려갈겼다. 나는 어이가 없어 그를 노려보았다.

"너 임마, 이리 와."

그가 멱살을 바짝 움켜쥐고 나를 집 안으로 끌어 들였다.

“너 왜 우리 현숙이한테 편지질이야. 왜 뒤는 쫓아다녀? 너 어느 학교 다녀? 빨리 말 안 해? 이런 자식은 학교에 연락해서 퇴학시켜 버려야 해. 이 자식, 대가리에 피도 안 마른 게 벌써부터 공부는 안 하고 연애질이야.”

그가 손을 들어 다시 머리통을 후려칠 듯 손을 번쩍 쳐들었다.

“애들을 말로 타일러야지, 왜 손찌검이에요?”

“아빠. 그게 아니란 말야.”

현숙이 울상이 되어 서 있고, 옆에 있는 그녀의 엄마가 남편을 말렸다. 그가 나를 노려보며 거칠게 숨을 몰아쉬었다. 거무스름한 턱수염에 짙은 눈썹, 왕방울처럼 툭 튀어나온 눈에 눈동자가 이리저리 굴러다녔다.

“꺼져, 임마. 앞으로 한 번만 우리 현숙이 따라다녔다간 뼈도 못 추릴 줄 알아.”

그가 씩씩대며 현숙을 끌고 집 안으로 들어갔다. 나는 어이가 없어서 말이 나오지 않았다. 정말 김현숙 아버지만 아니었다면 그냥 두지 않았을 것이다. 내가 울화통이 터져 인상을 팍 긁자,

“학생. 어디 학교 다녀?”

그녀의 엄마가 물었다. 목소리가 부드러웠다. 나는 증진중학교라고 대답했다. 그녀가 그런 학교도 있나, 하며 나를 빤히 바라보았다.

"우리 애 아빠한테 혼나서 기분 나쁘지? 그건 내가 사과할게. 학생, 우리 현숙이 좋아하나 보지?"

"네? 네, 그게 아니라……."

"좋아하는 것 같은데, 뭘."

나는 그녀 말에 아무 대꾸도 하지 못했다.

"학생이 우리 현숙이를 좋아한다면 지금부터라도 열심히 공부해요. 서로 그렇게 열심히 해서 나중에 일류 대학 가서 만나면 되잖아? 정말 학생이 우리 현숙이를 좋아한다면 그때 다시 찾아와요. 그러면 내가라도 서로 사귀는 것 허락할 테니."

"아, 네."

나는 꼼짝없이 그렇게 하겠다고 했다. 대문을 나서며 나는 손에 들고 있던 선물 봉투를 그녀에게 건네려 했다.

"이것도 무엇인지 잘 모르지만, 우선은 학생이 그냥 갖고 있어요. 나중에 다시 찾아온다면 그때 가져다 줘요."

나는 다시 한 번 "아, 네." 했다. 야차 같은 그녀 아버지에게 얻어맞아 엉망이 된 기분이 그녀의 엄마 말에 풀려 마음이 따뜻

해졌다. 대문을 나서며 나는 4년 후 반드시 이 집에 다시 찾아
올 것을 마음속으로 다짐했다.

# 시험공부

김현숙과 있었던 일에 대해 이야기하자 희남이 배꼽을 쥐고 웃었다. 그가 하회탈 같은 얼굴에 숨이 넘어갈 듯 켁켁거리며 말했다.

"그러니까 내가 뭐랬어, 임마. 꿈 깨랬지? 우리하고, 아니 너 같은 지질이하고 김현숙하고는 격이 달라. 거기 가서 완전 한 방 먹고 왔고만?"

"먹긴 뭘 먹었다고 그래?"

"한 방 먹었지. 현숙이 엄마한테 한 방 멋지게 먹은 거야."

나는 희남의 말이 금방 이해되지 않았다.

"생각해 봐. 현숙이 아버지는 강하게 치고 나오고, 현숙이 엄마는 너를 부드럽게 달래고. 현숙이 엄마까지 너한테 뭐라고 했어 봐. 니가 열 받아 대들었겠지. 그러니까 현숙이 엄마가 부드럽게 나온 거야. 너는 그 애 엄마 말에 껌벅 죽은 거고, 안 그래?"

생각해 보니 그런 것도 같았다.

"에이, 그래도 그건 아니다."

내가 김현숙 엄마 얼굴을 떠올리며 아니라고 하자,

"이 새끼, 아직도 정신 못 차리네."

그러면서 희남이 내기하자고 했다.

"좋아. 무슨 내기?"

"너 이제부터 현숙이 우리 교회 계속 나올 것 같아, 안 나올 것 같아?"

"당연히 나오겠지."

"나온다고? 내가 보기에 현숙인 이제 우리 교회에 안 나와."

희남이 강하게 고개를 가로저었다.

"그러니까 내기해. 현숙이가 교회 계속 나오면 내가 너에게 5천 원을 줄 게. 대신 안 나오면 니가 나한테 5천 원을 줘야 해."

우린 그렇게 하기로 약속했다. 나는 희남의 말이 한편으로 맞다고 생각했지만 그대로 인정할 수 없었다. 내게 말하던 김현숙 엄마의 눈빛과 태도가 너무나 부드럽고 진지해서였다.

그러나 김현숙은 희남의 말대로 정말 교회에 나오지 않았다. 나는 속으로 섬뜩했다. 희남이와의 내기에 져서가 아니라, 김현숙이 교회에 나오지 않게 된 사정을 생각해 볼 때 그러했다. 내가 양아치 학교에 다닌다는 것을 알고, 앞으로 그런 애들 있는 곳엔 가지도 말라고 그 애 부모가 명령했다면? 현숙인 교회에 오고 싶은데 그녀의 부모가 강제로 못 나가게 했다면? 생각이 이에 미치자 얼굴이 불을 뒤집어쓴 듯 화끈거렸다.

김현숙은 진짜 교회에 나오지 않았다. 그러자 나의 교회에 대한 관심도 시들해졌다. 그동안 나는 주일마다 그녀를 볼 수 있다는 기쁨에 얼마나 가슴 설레었던가. 은근한 기대에 부풀어 오른 나의 가슴은 누구에게도 말 못할, 오로지 나만 간직하고 있어야 할 비밀의 전당이자 그리움 그 자체였다. 한결이 형에게 많은 이야기를 듣는 것도 좋았지만, 그러나 그것이 현숙의 부재에서 오는 마음의 아픔을 채워 주진 못했다.

2학기 중간고사 시험 발표가 있었다. 개천절을 끼고 앞뒤로 3일간 시험을 보았다. 시험이 발표되자 문권의 태도가 급변했다. 그동안 우리들과 어울리며 문권이는 거의 정상에 가까울 정도로 우울증에 호조를 보였다. 약을 먹을 뿐 다른 행동은 우리

와 크게 다를 바 없었다. 그런 문권이가 시험이 발표되자 처음 우리 학교에 전학 왔을 때와 비슷한 모습을 보였다. 말도 하지 않고 창백한 얼굴에 식은땀을 흘렸다. 허공을 바라보며 멍하게 있기도 했고, 피곤한 듯 책상에 엎드려 있는 시간이 많았다.

"평대 학생. 시험 기간 동안 우리 집에 와서 공부하면 안 될까? 밤에 늦으면 내가 집에까지 태워다 줄게."

문권 엄마 눈빛이 간절하게 흔들렸다. 나는 그녀의 눈빛에서 지푸라기라도 잡고 싶은 그녀의 심정을 읽을 수 있었다.

"우리 문권이가 시험 발표 있고 나서 잠을 못 자. 공부에 대해선 신경 쓰지 말라고 그렇게 얘기해도, 애가 스트레스를 엄청 많이 받나 봐."

그녀의 얼굴이 금방이라도 울음을 터뜨릴 듯 일그러져 있었다. 나는 학교가 끝나면 문권이와 함께 그의 집에 갔다. 나와 같이 있을 때 문권이는 상당히 기분이 좋아지는 것 같았다. 그의 엄마는 우리에게 간식을 가져다주는 때를 제외하곤 문권의 방문을 열지 않았다.

우린 둥근 상을 펴 놓고 시험공부 한다며 킬킬거렸다.

"너 이거 무슨 자인지 알아?"

내가 낙서장에 '手'자를 썼다.

"모르겠는데."

그가 手 자를 똑같이 써 보며 고개를 갸웃거렸다.

"이게 주무를 주자야. 손 수(手) 자 위에 ㅡ가 더 있잖아? 그러니까 주무를 주자지."

내 말에 그가 하하하 웃음을 떠뜨렸다. 요즘 들어 처음으로 크게 웃는 웃음이었다.

"우리 반 박세교 있잖아? 그 놈이 만든 거야."

그러면서 내가 '무골주립'이 무슨 뜻이냐고 물었다.

"무골주립?"

그가 입속으로 연이어 중얼대며 모르겠다고 했다.

"잘 봐. 없을 無에 뼈骨, 주무를 手, 설 立."

내가 한 자 한 자를 낙서장에 쓰자 그가 무릎을 치며 웃었다. 우린 저녁을 먹고 나서도 킬킬대며 잡담만 계속했다.

"너 고래 잡았어?"

내가 침을 꿀꺽 삼키며 물었다.

"고래? 어, 그거, 난 태어나자마자 병원에서 했어."

"그래?"

내가 한 번 보자고 했다. 그가 망설였다.

"어디 한 번 봐."

내가 다시 말하자 그가 엉거주춤 무릎을 꿇고 바지를 내렸다. 거슬거슬한 털 속에 물건이 얌전하게 죽어 있었다.

“한 번 세워 봐. 얼마나 큰지 재 보자.”

내가 손으로 그의 물건을 살짝살짝 건드렸다. 무성히 덮인 숲을 헤치고 건듯건듯 대포의 포신 같은 물건이 일어서기 시작했다. 걸레자루 굵기 만한 그것이 완전히 팽팽하게 부풀어 올랐다. 나는 가지고 있던 자로 그것을 쟀다. 위, 아래, 굵기까지. 그가 내 것도 재보라고 했다. 우린 서로의 것을 비교해보았다. 굵기는 내 것이 더 굵었고, 길이는 문권의 것이 조금 더 길었다.

# 그림 놀이

2학기 중간고사 결과 문권이 반에서 2등을 했다. 전교에선 14등. 우아, 나는 벌린 입을 다물지 못했다. 역시 서울국제중이 세긴 세구나 감탄했다. 나는 아무리 생각해도 문권이는 우리와 같은 인간이 아니라는 생각이 들었다. 그의 두뇌는 우리 같은 지질이들과 완전 다르며, 우린 죽었다 깨나도 공부로 그 애들을 따라잡을 수 없다고 생각했다.

문권이 엄마가 교무실에 떡을 돌렸다. 반 아이들에게는 피자와 음료수를 돌렸다. 학교 현관에 차를 대고 손수 짐을 나르는 그녀의 표정이 밝아 보였다. 내가 넙죽 인사하자 그녀가 집에 자주 놀러오라며 핸드백을 열어 돈을 꺼내 주었다.

수업 시간 담임이 문권이를 대놓고 칭찬했다. 다음 기말고사에선 전교 1등을 한번 해서 중학교 생활의 대미를 멋지게 장식해보라고 했다. 그러면서 말했다.

"앞으로 고입도 이제 두 달이 채 남지 않았다. 이런 말이 있다. '뿌린 대로 거둔다'는 말. 니들 각자가 올 일 년을 어떻게 보냈느냐, 그리고 앞으로 남은 기간을 어떻게 보내느냐에 따라 얼마 안 있어 희비가 교차하게 될 것이다. 니들도 방송을 들어 알고 있겠지만 올 대학 졸업자가 65만이라고 한다. 그 가운데 10% 남짓 취업하고 나머지는 모두 청년 실업자가 될 거라고 한다."

담임이 들고 있던 장구채로 자기 손바닥을 톡톡 두드렸다.

"머나먼 남의 나라 이야기가 아니다. 니들도 당장 얼마 안 있어 고입 원서를 써야 하고, 또 얼마 안 있어 대입 원서를 쓰게 된다. 인생 눈 깜짝할 사이다. 요즘 같은 경쟁 시대에 자칫 잘못해서 한 번 미끄러지는 날엔 인생 그대로 끝장이다. 정신들 똑바로 차리고 남은 기간 열심히 하도록."

담임이 말하며 벽에 걸린 '쥐' 사진을 보았다. 변함없이 그 자리에 붙박혀 세모진 눈을 뜨고 '쥐'가 우리를 쏘아보고 있었다.

시험 결과에 대해 담임은 훈화성 발언으로 끝냈다. 그러나 미친개 시간엔 다시 혹독한 문책이 이어졌다. 학생부장은 원칙

대로 50점 이하는 무조건 1점에 한 대씩이었다. 나는 늘 하던 것처럼 앞에 불려 나가 교탁을 잡고 엎드렸다. 빡! 빡! 빡! 열두 대의 매가 허벅지에 떨어졌다. 나는 다 맞고 난 다음 눈을 부릅뜨고 학생부장을 노려보았다. 학생부장이 들어가라며 손바닥으로 내 뒤통수를 후려쳤다. 그러나 나는 그 자리에 서서 계속 학생부장을 노려보았다.

"이 자식이 들어가라는데. 불만 있냐? 너 불만 있어?"

그가 다시 때리려고 손을 치켜드는 순간, 반사적으로 내가 그의 팔을 잡았다. 순간 학생부장 얼굴에 당혹감이 스쳐지나갔다. 교실 공기가 팽팽히 조여지고, 아이들 눈길이 나에게 쏠렸다.

"말로 하십시오. 말로 해도 다 알아듣습니다. 그리고 공부 못하는 게 무슨 죕니까?"

내가 한 마디 한 마디 또박또박 말했다. 얼굴이 화끈거리고 심장이 터질듯이 뛰었지만 오랫동안 계획했던 일을 실행에 옮기듯 이상하게 마음은 차분했다. 두배 얼굴이 떠올랐다. 쥐약을 풀어 복수하기 위해 그의 집에 잠입하던 장면이 스쳐 지나갔다.

왕방울처럼 튀어나온 그의 눈동자가 심하게 흔들렸다.

"알았어. 알았고, 너 이 자식, 이따 교무실로 내려와."

학생부장이 말했다. 그의 목소리에 힘이 빠져 있었다.

쉬는 시간 나는 교무실에 가지 않았다. 학생부장도 나를 더 이상 찾지 않았다. 책상에 엎드려 있는 나를 아이들이 에워쌌다.

"야, 너 정말 완전 짱이다. 진짜 멋있던데."

문권이 얼굴을 붉히며 엄지손가락을 세웠다. 나는 다른 사람도 아닌 문권이에게 인정받았다는 사실에 하늘을 날 것 같았다.

시험 점수로 닦달하지 않는 이는 오로지 도덕 선생뿐이었다. 우린 늘 그랬듯이 다른 시간에 받는 수업 스트레스를 도덕 시간에 풀었다. 그러니 도덕 시간만 되면 야단법석에 난리도 아니었다.

도덕 시간에 나는 자릴 바꾸어 문권이 옆에 앉았다. 쉬는 시간 우린 어떤 장면이나 모습이 생략된 그림을 그려놓고 알아맞히는 놀이를 했는데, 그 장난을 계속하기 위해서였다. 우린 이미 이런 그림 몇 가지를 그려놓은 후였다.

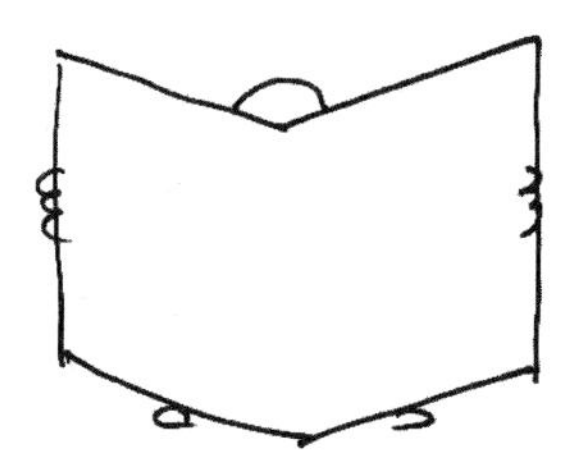

(▲ 대머리 아저씨가 신문 보는 모습)

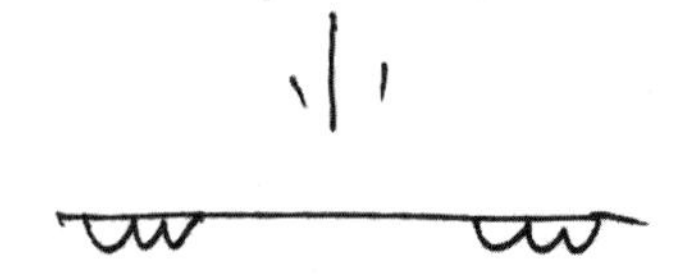

(▲ 도둑이 이제 막 담 넘으려는 모습)

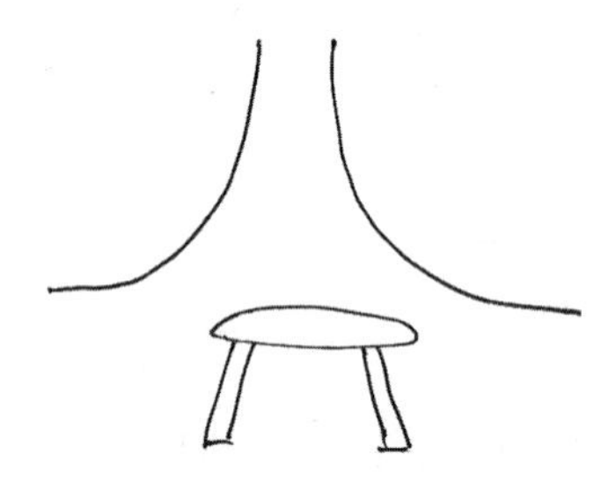

"이 그림은 뭔지 알아?"

내 말에 문권이 모르겠다고 했다.

"의자 하나에 두 사람이 앉으려는 걸 엉덩이만 그린 거야."

"그럼 이게 엉덩이야?"

"응."

우리가 킥킥거리자 도덕 선생이 설명하다 말고 물끄러미 우릴 쳐다보았다. 우린 더욱 몸을 낮추어 그림 맞히기 놀이에 열중했다. 문권이 그림을 그려 나에게 들이밀었다.

"이 그림은?"

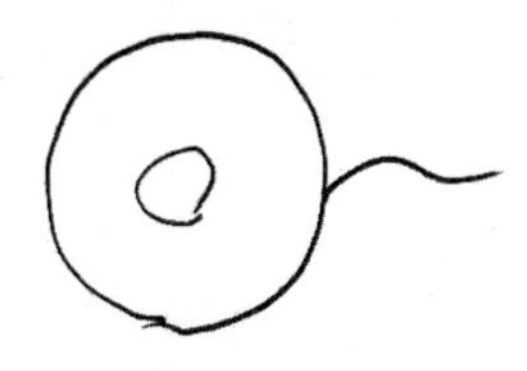

"정자? 정자 아냐?"

"아냐."

"모르겠는데?"

"쥐를 잡아서 대접으로 덮어놓은 것을 위에서 바라본 모습."

"우아, 기차다."

내가 탄성을 내질렀다. 주위 아이들이 왜 그러냐며 뒤돌아보고 난리도 아니다. 우린 우리가 그린 그림을 아이들에게 보여주었다. 설명을 듣고 난 아이들이 저마다 자지러졌다. 우리가 그린 그림이 삽시간에 아이들에게 퍼졌다. 여기저기서 켈켈대는 웃음소리가 들렸다. 우린 책상에 엎드려 계속 그림을 만

들어 나갔다.

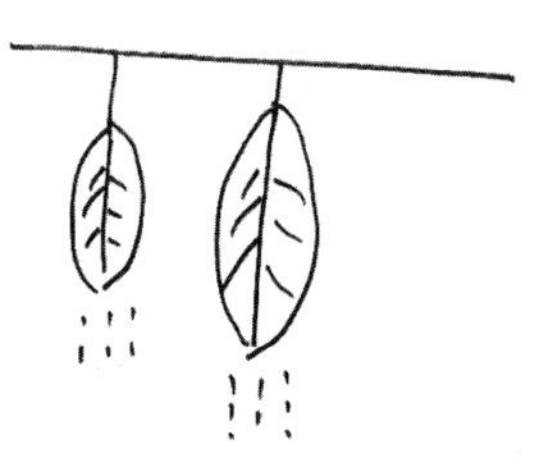

"이건?"

이번엔 내가 문권이에게 들이댔다.

"뭐야, 이게?"

"나뭇잎."

"잘 모르겠는데."

"큭큭, 잘 봐. 아담과 이브가 팬티를 빨아서 빨랫줄에 널어 놓은 모습이야."

내 말에 문권이 끝내준다며 혀를 내둘렀다. 우리의 그림 맞히기 놀이가 삽시간에 전염병처럼 아이들에게 퍼졌다. 여기저기서 아이들이 그림을 그려 보내왔다. 야불이 박세교도 하나 그렸다.

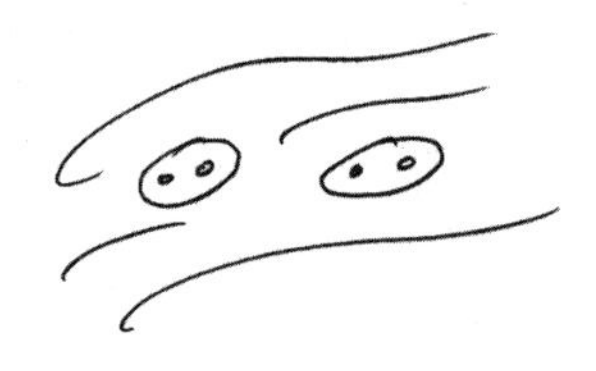

우리가 그림을 놓고 이리저리 살펴보자, 세교가 맞혀보라고 입안소리로 말했다.

"이게 뭐지?"

"글쎄. 이건 분명 돼지 코 같은데."

"돼지 코는 돼지 콘데 이건 뭐야?"

우리가 머리를 맞대고 궁금해 하자, 세교가 씩 의미 있는 웃음을 입가에 물었다.

"장마 진 데 떠내려가는 돼지를 위에서 보고 그린 거야."

세교가 켈켈거렸다. 우린 세교 말에 입을 다물지 못했다. 과연 야불이 박세교였다. 다른 아이들 그림은 유치해서 말이 안 되는데 세교가 그린 그림은 정말 그럴 듯했다. 이상한 말이나 사자성어를 만들어내는데 최고의 달인, 박세교! 나는 엄지손가락을 수직으로 세워 네가 우리 반에서 최고라는 사인을 보냈다. 세교가 그걸 보고 득의의 웃음을 지으며 똑같이 엄지손가락을 세워 흔들었다.

# 여성 흥분제

두배와 명애는 거의 붙어 있다 싶을 만큼 매일 만났다. 나는 같은 집에 살면서도 명애 얼굴 보기가 어려웠다. 명애 엄마는 변함없이 골수 예수쟁이여서 시간만 나면 신도들과 모여 "믿사오니" "할렐루야" 기도에 여념이 없었다.

그런 어느 날, 두배가 조그만 알약 두 알을 내게 주었다. 콩알만 한 크기의 노란색 알약이었다.

"뭐야, 이게?"

"흥분제."

"좆서그라?"

"좆서그라 좋아하네. 좆서그라는 임마 남자들이 먹는 거지."

"그럼?"

"여성용이야."

여성용 흥분제라는 말에 나는 호기심이 바짝 동했다.

"어디서 났어?"

"다 루트가 있지."

두배가 어깨에 힘을 팍 주고 목을 뒤로 젖혔다.

"이걸 어떻게 사용하냐면 가루로 빻아서 술이나 음료수에 타면 돼. 그냥 먹어도 되는데 그럼 여자가 눈치채니까."

두배 말에 알약을 자세히 살펴보았다. 앞뒤에 영어 대문자 H자가 박혀 있다. 혀끝으로 맛을 보았다. 아무 맛도 냄새도 없다.

"사용해 봤어?"

"아니, 아직."

그러면서 두배가 말했다.

"나도 명애한테 써 볼 테니까, 너도 지수한테 써 봐. 그것들 어떻게 홍콩 가나 한번 보자고."

두배 말에 머릿속에 불이 반짝 들어오는 것 같았다.

나는 지수를 만나 아파트 신축 공사장으로 갔다. 지난여름 삼성파 가입식을 했던 그 공사장이었다. 아파트 공사는 그동안 많이 이루어져 이제 주거 공간으로서의 면모를 갖춰 가고 있었다. 우린 아무 곳에나 들어갔다. 바닥에 스티로폼이 쌓여 있고 각목과 알루미늄 파이프 등이 쌓여 있었다. 스티로폼 한 장을 바닥에 깔았다. 밖에서 비쳐 든 보안등 불빛에 내부가 희부윰히 밝았다.

"이제 추워서 산엔 못 가겠다."

내가 맥주 뚜껑을 뜯으며 말했다. 지수의 표정이 난데없이 시무룩했다. 전에 없이 어두운 표정에 말도 하지 않았다.

"왜 그래?"

"아냐, 아무 것도."

그녀가 맥주를 건네받아 홀짝거렸다. 순간 나까지 괜히 머쓱해졌다. 나는 티셔츠 윗주머니에 들어 있는 흥분제를 손으로 확인하며 지수 맥주에 탈 기회만 엿보았다.

"너 내가 헤어지자면 헤어질 수 있어?"

지수가 무릎을 세워 그 위에 얼굴을 올려놓고 물었다.

"헤어져? 우리 헤어지자는 말은 안 하기로 했잖아?"

내가 놀라 물었다.

"너 무슨 일 있구나."

지수가 아니라며 고개를 가로저었다. 그녀가 바닥에 놓인 맥주를 한 입 가득 들이켰다. 내쉬는 숨에서 쇳소리가 났다.

"아냐, 어쩜 그렇게 될지도 몰라서."

"무슨 말인지 모르겠다. 너 딴 놈팽이 생긴 거 아냐?"

"아냐. 진짜, 그건 아니다."

"근데 왜 헛소리 하고 있어?"

내가 화를 내자,

"너 나 좋아해?"

지수가 눈을 빤히 뜨고 나를 바라보았다.

"그걸 말이라고 해? 좋아하니까 만나지."

내가 그녀를 끌어안자 그녀가 잠깐, 하며 자리에서 일어났다. 그녀가 소변을 보기 위해 밖으로 나갔다. 그 사이 나는 잽싸게 흥분제를 그녀의 맥주에 탔다. 두배 말에 의하면 십 분에서 십오 분 후에 효과가 나타난다고 했다.

그녀가 돌아와 내 옆에 앉았다. 무릎을 오도카니 세우고 나뭇가지로 땅바닥에 낙서를 했다. 그녀가 맥주를 다시 마셨다. 과자 씹는 소리가 경쾌하게 들렸다. 잠시 후 내가 그녀를 다시 끌어안았다. 그녀가 말없이 머리를 기대왔다. 나는 속으로 지수가 아까 말한 헤어짐이란 말을 떠올렸다. 그러면서 그녀에게 있을 법한 일이 무엇일까 생각했다. 그러나 아무리 생각해도 그녀가 나에게 헤어지자고 할 이유는 없어 보였다.

“너 괜히 아까 헤어지자고 그랬지?”

그녀를 안은 팔에 힘을 주며 내가 말했다.

“응. 사람은 아무리 사랑해도 언젠간 헤어지잖아?”

그녀가 웃었다. 그녀의 하얀 이가 어둠 속에 빛났다.

“그래. 그렇긴 해도 우린 헤어지지 말자.”

그러면서 나는, 지수는 나에게 어떤 존재일까 생각했다. 잠시 만나 사랑이란 이름으로 같이 놀다 헤어지는 그런 존재일까? 그러나 그건 아니었다. 그럴 수 없었다. 그녀는 내 마음속 빈자리를 채워 주는 결코 없어서는 안 될 존재였다. 그녀는 내게 엄마 같고 누나 같고 그러면서 누구보다 코드가 잘 맞는 여친이었다. 생각이 이에 미치자 나는 그녀가 더욱 소중하게 생각되었다. 나는 그녀를 꽉 끌어안으며 그녀의 입술을 찾았다. 그녀가 고개를 돌려 입을 맞추었다. 뜨거웠다. 우린 그대로 스티로폼 바닥에 누웠다. 그녀의 어깨에 눌린 팔을 빼 팔굽을 세운 후 그녀를 위에서 내려다보았다. 창백한 얼굴에 머리칼이 흩어져 있고, 몰아쉬는 숨결에 봉긋한 가슴이 오르락내리락 거렸다.

나는 그녀를 애무하며 그녀의 동작을 유심히 관찰했다. 분명 흥분제 효과가 나타날 시간이 되어서였다. 그래서인가? 그녀의 반응이 전과 다르게 뜨거웠다. 훨씬 적극적이었고 격렬했으며 몰입하고 있었다. 가슴을 주무르던 손을 그녀의 사타구니로 옮겨갔다. 순간 그녀가 불에 데인 듯 움찔했다. 그녀가 다리를 꼬아 내 손의 접근을 막았다. 나는 지수의 허벅지와 엉덩이를 애무했다. 그러자 그녀의 다리에 힘이 풀리면서 다리 사이가 벌어졌다. 그러다 다시 손이 가면 그녀는 전보다 더 완강하게 다리에 힘을 주어 오므렸다.

"아, 안 돼! 안 돼."

그녀가 세차게 몸을 흔들었다. 나는 감질나는 마음에 속으로 신경질이 났다.

"왜 그래, 또?"

내가 투덜대자, 갑자기 지수가 몸을 돌려 엎드린 채 흐느꼈다. 그녀의 어깨가 가늘게 흔들렸다. 당황스러웠다. 왜 그러냐고 물어도 흐느끼기만 했다. 나는 그녀의 흐트러진 옷매무새를 바로 해 주었다. 그녀의 어깨에 가만히 손을 얹었다. 그녀의 흐느낌이 내 손을 타고 심장으로 전해졌다. 알 수 없는 조용한 슬픔이 내 마음속에 물결쳐 왔다.

한동안 흐느끼던 그녀가 부스스 상체를 일으켜 세웠다.

"미안해. 우리 그것만은 나중에 더 커서 하자."

그녀가 눈물 젖은 눈으로 나를 올려다보았다.

"너 분명 무슨 일 있는 거지?"

내 말에 그녀가 아니라며, 아무 일도 없다며 고개를 저었다.

"근데 왜 그래? 집에서 쫓겨났어?"

아니라고 했다. 신경 쓰지 말라고 했다. 도무지 알 수 없는 노릇이었다. 가슴에 먹물이 번지듯 깊이를 알 수 없는 슬픔이 밀려왔다. 나는 그녀를 다시 으스러지게 끌어안았다.

# 포촌동 패

건조한 바람에 찬 기운이 묻어났다. 한낮엔 메마른 하늘에 태양이 눈부셨다. 일 년 내 가뭄이 계속되었지만 11월 날씨는 전과는 확연히 달랐다. 햇살이 짧아지고 스산한 바람이 길가 나뭇잎을 어디론가 몰고 갔다. 길 가는 사람들의 어깨가 움츠러들고, 불안해서인지 종종걸음을 서둘러 걸었다.

그날 이후 지수에게선 아무 연락이 없었다. 아무리 문자를 날려도 답장이 없었다. 나는 종잡을 수 없는 마음에 그녀가 한 말, "내가 헤어지자면 헤어질 수 있어?"라는 말을 떠올렸다. 도무지 이유를 알 수 없던 그 말. 그 말이 정말 헤어지자는 말이었나?, 하는 생각이 들기도 했다. 이사를 갔나? 그럴 지도 몰랐다. 하지만 이사 갔다고 연락도 없으리란 법은 없었다. 그녀와 연락 없는 날이 계속될수록 내 마음은 안타까움에 들끓었다. 수업 시간에도 PC방에서도 그녀의 얼굴이 눈에 밟혀 견딜 수 없었다. 아무래도 그녀가 사는 동네에 한번 가 봐야겠다는 생각이었다. 나는 두배와 함께 가 보기로 했다.

토요일이 되길 기다렸다. 지수에겐 문자로 너희 집에 찾아가겠다고 미리 연락해 두었다. 하루하루가 너무 지루했다. 두배네 집으로 갔다. 영도 아파트 지나 골목을 막 접어들 때였다.

"야, 너 잠깐 이리 와 봐."

처음 보는 세 놈이 앞을 가로막았다. 어투가 곱지 않았다. 인상을 쓰며 노려보았다. 가로등 불빛을 등지고 있어 그들의 얼굴을 볼 수 없었다.

"너 안평대 맞지?"

"그런데?"

"이리 와 바, 임마."

가운데 놈이 내 어깨를 잡아끌었다. 주먹을 날리면 곧장 들어갈 가까운 거리였다. 나는 그의 손을 뿌리치며 일부러 두 걸음 옆으로 비켜섰다. 불빛에 비친 그들의 얼굴을 확인하기 위해서였다.

"너 이지수 알지?"

다시 가운데 놈이 말했다. 머리 깎은 모습으로 보아 대학생은 아니었다. 고딩들이었다. 한 놈은 담배를 빽빽 피워대고 한 놈은 어깨에 힘을 잔뜩 주고 두 손을 바지 주머니에 쑤셔 넣고 있었다.

"누구?"

"이지수말야, 새꺄."

뜻밖이었다. 나는 처음 어떤 불량배들이 삥이나 뜯으려고 그러나 보다 생각했다. 그러면서 또 한편 니들이 사람을 건드려도 한참 잘못 건드렸다고 생각했다. 왜냐면 여기는 바로 두배네 동네이고, 우리가 노는 구역이었으며, 여차하면 흑곰 형이나 종석이 형을 불러 작살을 낼 수도 있었기 때문이었다. 그런데 놈들 입에서 엉뚱하게 이지수란 말이 튀어나온 것이다.

"아는데, 왜?"

내가 눈을 치켜뜨며 맞받았다.

"너 이리 와. 얘기 좀 하자."

가운데 놈이 내 어깨를 잡아끌었다. 순간 상대가 세 놈이라는 게 마음에 걸렸다. 일대 일이면 어느 곳이든 맞장을 뜨다 안 되면 도망이라도 갈 수 있다. 그러나 세 놈이라면 이야기가 달라진다.

"여기서 말해."

어깨의 팔을 뿌리치며 내가 말하자,

"잠깐이면 돼."

놈이 다시 어깨를 짚었다. 나는 놈의 정체가 무엇인지, 무슨 말을 하는지 확실히 알아보고 싶었다. 못이기는 척 따라갔다. 두배네 집 반대 편 아파트 담벼락을 끼고 도는 골목이었다. 가로등 불빛이 비쳐들다 골목이 꺾이면서 빛이 들지 않았다. 그들 중 한 놈이 나를 다짜고짜 벽에 몰아세웠다.

"너 앞으로 지수 만나지 마. 알았어?"

가운데 놈이 으르렁대며 내 뺨을 쳤다.

"알았어 몰랐어?"

내가 아무 말 않고 노려보자 다시 쳤다.

"알았어?"

퍽!

"몰랐어?"

퍽!

한 놈이 그러는 걸 두 놈이 옆에서 지켜보며 히죽거렸다.

"니들이 뭐데 간섭이야?"

내가 열 받아 소리치자 앞의 놈 주먹이 곧바로 명치에 꽂혀

들었다. 나는 배를 움켜쥐고 숨이 넘어갈 듯 신음을 내뱉었다.

"말이 말 같지 않냐? 이지수 만나지 말라고, 알았어?"

놈의 주먹이 이번엔 턱에 날아들었다. 딱! 마른 나무 부러지는 소리와 함께 눈에서 불이 번쩍 튀었다. 연이어 다른 놈의 발이 내 어깨를 찍었다. 세 놈이 가세하여 나를 완전 작살내려고 했다. 놈들이 나를 마구 짓밟았다. 나는 두 손으로 머리를 감싼 채 몸을 이리저리 틀어 발길을 피했다. 그러나 역부족이었다. 놈들의 발길이 등과 옆구리에 사정없이 찍혔다. 나는 최대한 허리를 숙인 채 틈을 엿보았다. 앞에 있는 놈 두 다리가 눈에 들어왔다. 순간 놈의 다리를 잡고 번쩍 들어올렸다. 놈의 몸이 허공에 들려 뒤로 콰당 나가떨어졌다. 그러면서 앞을 가로막던 시야가 열렸다. 나는 그대로 튀어 달아났다. 골목으로 꺾어들어 앞만 보고 튀었다. 쫓아오는 발소리가 요란했지만 그러나 나를 따라잡을 수는 없었다.

곧장 두배네로 갔다. 두배가 뛰어나와 무슨 일이냐고 물었다.

"이따 얘기하고 빨리 나와."

내가 숨을 몰아쉬며 말했다. 우린 곧장 놈들을 찾아 나섰다. 폭행당한 골목을 비롯해 주변을 샅샅이 뒤졌다. 그러나 놈들의 그림자 하나 찾을 수 없었다.

우린 다시 두배네 집으로 갔다.

"무슨 일이야?"

두배가 냉장고에서 맥주를 꺼냈다. 잔에 따르자 거품이 바닥에 넘쳐흘렀다. 내가 마시려는데 입이 잘 벌어지지 않았다. 턱뼈를 이리저리 돌려 보았다. 그러나 어디가 어긋났는지 잘 돌아가지 않았다. 오징어를 씹어 보았다. 역시 씹히지 않았다. 놈들에게 맞아 턱뼈가 고장 난 것이다. 나는 이빨을 하나하나 흔들어 보았다. 이빨에 이상은 없었다. 다행이다 싶으면서도 다른 한편 약이 오르고 화가 치밀어 올랐다.

"어우, 진짜 열 받네."

내가 단숨에 맥주잔을 비웠다.

"야, 담배 하나 주라."

두배가 담배에 불을 붙여 주었다. 내가 조금 전 있은 일에 대해 간단히 이야기했다.

"지수를 만나지 말라고 했다고?"

내가 그렇다고 하자,

"포촌동 패거리 같은데?"

두배가 담배 연기를 뿜어내며 말했다.

"전에 종석이 형한테 들은 적 있거든. 지수 사는 데가 저쪽 저수지 아랫동네잖아? 거기 노는 애들이 있는데 포촌동 패라고 하더라고."

"그래? 근데 왜 그놈들이 지수를 만나지 말라고 해? 그것들하고 지수하고 무슨 사이인데?"

"그건 잘 몰라. 아무튼 지수 그 애가 그쪽 애들하고 놀지 않고 우리 쪽에 와서 노는 게 좀 이상하긴 했어."

"그쪽 애들한테 왕따 당한 것 아냐?"

그럴지도 모른다며 두배가 켈켈거렸다.

"그래도 그렇지. 지들이 뭔데 나한테 만나지 말라고 해? 야, 두배. 우리 그 새끼들 찾아 작살내놓자."

내 말에 두배가 좋다고 했다. 다음 날부터 우린 놈들을 찾아 다녔다.

# 복수

세 놈이었지만 두 놈 얼굴은 잘 기억나지 않았다. 그러나 한 놈은 확실히 알 수 있었다. 가운데에서 나를 골목으로 끌고 가려 한 놈. 나에게 지수를 만나지 말라며 제일 먼저 펀치를 날린 놈. 놈은 나보다 키가 컸고 광대뼈가 튀어나왔으며 한쪽 눈이 사팔인 듯 찌그러져 있었다.

나는 두배와 함께 놈들을 찾아 나섰다. 만일의 사태에 대비해 허벅지와 복부에 압박 붕대를 감고, 스위치만 누르면 자동으로 날이 튀어나오는 재크 나이프를 주머니에 넣었다. 우린 수업이 끝난 후 포촌동으로 갔다. 놈들이 있을 만한 곳, 당구장이나 PC방, 술집을 기웃거렸다. 그러나 놈들의 그림자조차 찾을 수 없었다.

매일 허탕 치기 일쑤였다. 허탕 치고 돌아온 날이면 우린 술을 마셨다. 만리장성에서도 마셨고 아파트 공사장에서도 마셨다. 흑곰 형에게 이 사실을 알릴까 했으나 나와 두배 둘이 처리하기로 했다.

그렇게 찾아다니던 어느 날. 다시 포촌동에 갔다. 포촌동은 생각보다 컸다. 말이 동네지, 어엿한 도심을 이루고 있었다. 도심을 가로지르는 간선도로 양 옆으로 상점의 불빛이 반짝였고, 오가는 사람들에 의해 활기를 띠고 있었다. 그러나 골목으로 접어들면 길가의 번화함과는 대조적으로 어둡고 침침했다. 집들도 대부분 낡고 오래된 슬레이트 집이었으며, 개짓는 소리가 어둡고 메마른 밤공기를 뒤흔들었다.

저녁을 먹고 식당에서 나오는데 비상등을 켠 택시가 길가에 주차해 있고, 한 떼의 사람들이 모여 웅성거렸다. 그곳으로 갔다. 십여 명의 사람들이 빙 둘러섰는데 한 여자와 택시 기사가 실랑이를 벌이고 있었다. 여자는 술에 취해 몸도 가누지 못했다. 택시 기사는 쓰러져 있는 여자에게 손가락질 하며 택시 요금을 내라고 소리 질렀고, 여자는 땅바닥에 주저앉아 돈이 없는데 어떻게 내냐며 혀 꼬부라진 소리를 하고 있었다.

"이년아. 돈 없으면 택시를 타지 말 것이지 여기까지 와서 돈이 없다면 어떡해?"

기사 말에 모여 선 사람들이 킬킬거렸다.

"돈 없으면 그거라도 한 번 대줘. 그럼 되겠네."

구경꾼 가운데 누군가 한 마디 하자,

"저런 년 하고는 돈 주고 하라고 해도 안 해."

기사가 칵 가래침을 땅에 뱉었다.

"이년아. 택시비 떼쳐먹고 잘 먹고 잘 살아라. 에이, 더러워, 재수 옴 붙을라니까 별 드런 것들이 걸리적거리네."

기사가 욕을 파 다발 같이 퍼부은 후 차에 올랐다. 사람들이 하나 둘 흩어졌다. 여자가 땅바닥에 퍼질러 앉아 무슨 소린가 알아들을 수 없는 소리를 계속 지껄였다.

"이봐. 아가씨. 아가씨여 아줌마여? 집이 어디여? 빨리 일어나. 내가 집에까지 데려다 줄게."

남자 하나가 여자를 일으켰다. 조금 전 돈 없으면 그거라도 한 번 대주라고 한 사람이었다. 나는 순간 그 남자가 여자를 데려가서는 안 된다는 생각이 번개처럼 머릿속을 스쳤다. 만일 일이 그렇게 된다면 이건 보나마나 뻔한 노릇이다.

"우리 누난데요. 제가 데려갈 게요."

내가 뛰어들었다. 남자가 여자 겨드랑이에 손을 찔러 넣은 채 나를 노려보았다.

“야, 두배야. 좀 도와줘.”

내 말에 두배가 침을 찍 갈기며 앞으로 나섰다. 남자가 어떤 놈이 다 된 밥에 재를 뿌려, 하는 표정으로 우릴 노려보았다. 나도 여차하면 한 판 붙을 자세로 노려보았다.

“누나. 길바닥에서 이게 뭐야. 빨리 일어나요. 창피하지도 않아?”

내가 짐짓 화난 목소리로 외쳤다. 그러면서 남자 손을 여자의 몸에서 떼어냈다. 나 혼자는 일으켜 세울 수 없을 만큼 여자는 만취 상태였다. 두배와 내가 양 옆에서 여자의 팔을 어깨에 걸고 일어섰다. 물 젖은 솜처럼 축 늘어진 여자의 몸이 가까스로 세워졌다. 우린 그렇게 여자를 어깨에 떠메고 그녀가 말하는 대로 집을 찾아갔다. 방은 단칸방이었다. 구석에 이불이 개어져 있고, 옷걸이에 옷이 몇 벌 걸려 있었다. 그녀를 뉘어 놓자 그녀가 엎드린 채 흐느끼기 시작했다. 여자가 불쌍했다. 우린 구석에 있는 이불을 덮어 주고 집을 나왔다.

“아무래도 그놈들은 포기해야겠다.”

두배가 침을 찍 갈겼다. 시계를 보았다. 열한 시가 넘었다. 집에 가야 할 시간이었다.

"할 수 없다. 나중에 지수 만나 얘기나 더 들어보는 수밖에."

큰길가로 나왔다. 버스를 타기 위해 정류장으로 갔다. 메마른 바람에 찬 기운이 묻어났다. 순간 몸이 으스스 떨렸다. 하늘을 올려다보았다. 밤하늘에 별이 희미하게 빛났다. 길을 가는데 맞은편에 사람이 하나 걸어왔다. 휘적휘적 걷는 폼이 어디서 많이 본 모습이었다. 어깨를 스치는 순간 딱 그놈일 거라는 예감이 들었다. 순간 뒤돌아보며 다시 살폈다. 짧은 머리에 어깨에 힘을 팍 주고 두 손을 바지 주머니에 찔러 넣은 모습이 바로 그놈이었다. 잽싸게 쫓아가 불러 세웠다.

"야, 너 나 모르겠냐?"

놈의 앞을 가로막았다. 한쪽 눈이 찌그러진 것이 틀림없었다. 놈이 미간에 힘을 주며 나를 노려보았다.

"너 잠깐 이리 와. 너 이지수 알지?"

내가 그의 팔을 잡아끌었다. 놈이 눈을 번뜩이며 사방을 살폈다.

"너 나보고 지수 만나지 말랬잖아?"

그제야 낌새를 알아차린 놈이 후다닥 튀어 달아났다. 내가 득달같이 쫓아가 놈의 어깨를 팍 밀어 쳤다. 그 바람에 놈이 몇 발자국 허둥대다 길바닥에 나동그라졌다. 나는 달려온 여세를 몰아 놈의 옆구리를 발로 걷어찼다.

“어, 사람을 쳐? 사람을 쳐?”

놈이 땅바닥을 구르며 소리쳤다. 주위 사람의 이목을 끌기 위해서였다. 우리를 바라보는 사람들이 몇 있었지만, 아무도 우리 일에 끼어들지 않았다. 나와 두배가 잽싸게 놈을 골목으로 끌어들였다. 놈을 벽에 밀어붙인 후 다짜고짜 명치에 주먹을 꽂았다. 헉! 놈이 숨 끊어지는 소리를 내며 허릴 꺾었다. 그러는 걸 팔뚝으로 놈의 뒷목을 힘껏 내리쳤다. 무릎을 꿇고 놈이 앞으로 고꾸라졌다.

“일어나, 임마. 뭐, 지수를 만나지 말라고? 야, 니가 뭔데 지수를 만나지 말라는 거야?”

놈의 어깨를 잡아 일으켰다. 이번엔 주먹으로 놈의 턱을 올려쳤다. 딱! 이빨 부딪는 소리가 났다. 무릎으로 놈의 아랫배를 찍었다. 놈이 신음소리 하나 내지 못하고 다시 쓰러졌다. 입에서 피가 흘렀다. 발길로 옆구리를 걷어찼다. 한쪽 무릎을 꿇은 채 놈이 배를 움켜쥐었다.

“너 다음에 다시 내 눈앞에 나타나면 그땐 골통을 확 날려 버리겠어.”

내가 이 사이로 으르렁대며 말했다.

골목을 나왔다. 하나 둘 불빛이 꺼진 거리에 적막감이 맴돌았다. 우린 서둘러 정류장으로 향했다. 막차가 끊길 시간이었다.

# 해명

놈을 손봐 준 후 이삼 일쯤 지났을까? 지수한테 문자가 왔다. 만나자고 했다. 나는 너무나 반가운 나머지 곧바로 답장했다. 지난번  흥분제를 시험하기 위해 만난 후 한 달 가까이 만나지 못했다.

약속 장소인 PC방으로 갔다. 문을 열고 들어서는 순간 요란한 전자음이 내 몸을 휘감았다. 나는 두리번거리며 그녀를 찾았다. 그녀가 맨 구석 자리에 앉아 게임을 하고 있었다. 내가 다가가는 것도 모른 채 그녀가 게임에 열중했다. 조용히 다가가 게임하는 모습을 지켜보았다. 그녀의 손놀림에 따라 하늘에 떠 있는 비행기가 쏟아지는 폭탄을 피하고 있었다. 내가 손가락으로 화면을 톡 치자 그제야 그녀가 얼굴을 들었다.

"웬일이야? 마스크를 다 쓰고."

내가 놀라 물었다. 난데없이 그녀가 마스크를 쓰고 있었다.

"감기 걸린 거야?"

내 말에 그녀가 자리에서 일어났다. 나가자고 했다.

"왜, 무슨 일 있어?"

그녀가 고개를 가로저으며 내 손을 잡아끌었다. 내키지 않은 마음이었지만 따라 나왔다. 문을 닫고 나오자 요란하던 전자음과 광선이 먼 세계의 것인 양 순식간에 멀어졌다. 밖에 나왔으나 갈 곳은 없었다. 아파트 공사장으로 가기엔 날이 너무 추었다. 길가 제과점으로 갔다. 환한 조명에 눈이 부셨다. 지수가 빵 몇 개를 접시에 담아 왔다. 곰보빵과 도넛이었다. 우린 콜라도 주문했다. 다른 곳 같았으면 당연히 맥주나 소주였을 텐데, 하는 생각에 앞에 놓인 콜라가 낯설게 느껴졌다. 지수가 마스크를 벗었다. 그녀 눈가에 시퍼런 멍이 들었다.

"누구한테 맞았냐?"

그녀가 아니라며 피식 웃었다.

"근데 왜 그래? 그리고 왜 그동안 연락이 없었어?"

내가 추궁하듯 말하자, 그녀가 고개를 반쯤 숙이고 콜라 잔의 빨대를 빨았다. 그녀 입술에 콜라 방울이 이슬처럼 맺혔다.

그녀가 살짝 혀를 내밀어 그 방울을 핥았다. 그러는 그녀의 모습이 평소 그녀 같지 않았다.

"너 우리 동네 왔었지?"

지수가 눈을 동그랗게 뜨며 물었다.

"어떻게 알았어?"

내 말에 다시 그녀가 입가에 웃음을 물었다.

"왜, 그 새끼가 뭐라고 하던? 그것들이 먼저 나한테 와서, 너 만나지 말라며 팼단 말야. 근데 그놈은 대체 어떤 놈이야? 어떤 놈이길래 널 만나지 말라는 거야?"

내가 미간을 찌푸리며 말하자, 지수가 생각하기도 싫다며 고개를 세차게 저었다.

"나도 뭐가 뭔지 알아야 할 것 아냐? 아무리 전화해도 받지도 않고, 갑자기 어떤 놈이 나타나서 너 만나지 말라며 패고. 그리고 얼굴의 그 상처는 또 뭐야? 그놈들한테 맞은 거지?"

내 말에 그녀가 한참 망설이다 입을 열었다. 그놈은 지수와 같은 동네에 사는데, 초등학교 때부터 지수를 따라다녔다는 것. 중학교에 들어와 사귀자고 하여 몇 번 만났는데, 만나고 나면 만난 일을 하나도 빠뜨리지 않고 제 친구들에게 까발린다는 것. 그뿐만 아니라 없는 이야기까지 지어내 소문을 퍼뜨려 창피해 죽겠다는 것. 그래서 안 만나려고 피했으나 그럴수록 매일 문자질에 집 앞에 와 서 있고, 심지어는 그녀와 잤다는 말까지 퍼뜨려 정말 죽었으면 좋겠다는 것.

나는 왜 그녀가 지금까지 자기 동네가 아닌 두배네 동네에 와 노는지, 그리고 전에 어쩌면 나하고 헤어지게 될지도 모른다고 말했는지 알 것 같았다.

"그러니까 그 새끼가 이번에도 널 찾아와 팼다는 거지? 나한테 맞은 것 복수하려고?"

내가 주먹을 불끈 쥐었다. 우두둑 손가락 꺾이는 소리가 났다.

"하지만 난 네가 싸우는 걸 바라지 않아."

그녀의 목소리가 낮게 깔렸다.

"그러다 패싸움이라도 나면 어떡해?"

그녀의 눈꺼풀이 가늘게 떨렸다. 나는 그녀를 끌어안아 그녀의 불안을 잠재워 주고 싶었다. 그러나 제과점이라 그럴 수 없었다.

"패싸움은 무슨? 하지만 그놈은 진짜 그냥 둬서는 안 되겠네. 걔 고삐리지? 어느 학교 다니냐?"

"학교는 알아서 뭐하게?"

"뭐하긴. 아예 싹 밟아 버려야지."

"하지 마, 진짜."

"알았어. 알았고, 앞으로 넌 어떻게 할 거야?"

내 말에 그녀가 나를 빤히 올려다보았다.

"나하고 헤어질 거야? 전에 헤어질지도 모른다고 했잖아? 그 말 진심이야?"

입안에 침이 말랐다. 그녀의 대답이 어떻게 나올지 두려웠다. 나는 이 사실을 확인하고 싶었다. 그놈의 훼방에 의해 우리의 사랑이 끝날 것인가, 아님 계속 이어질 것인가.

"넌 어떻게 생각해?"

그녀가 엄지손가락을 물어뜯으며 되물었다.

"난 널 사랑해. 너하고 헤어질 수 없어. 어떤 놈이 뭐라고 하든 너만 좋다면 끝까지 갈 거야."

내 얼굴이 화끈 달아올랐다. 나도 모르게 꿀꺽 침을 삼켰다. 그러나 지금 한 말은 진심이었다. 나는 누가 백 번을 물어도 지수를 사랑한다고 자신 있게 말할 수 있었다.

"알았어."

그녀의 목소리가 낮게 떨렸다. 탁자에 놓인 그녀의 손을 잡았다. 물기에 젖은 그녀의 눈동자가 가늘게 흔들렸다.

# 1:1 맞짱

두배 생일 날.

우린 흑곰 형네 만리장성에서 모이기로 했다. 나는 지수와 희남에게 미리 연락해 두었다. 문제는 문권이었다. 문권이는 중간고사에서 성적이 좋게 나온 후 우울증에 상당한 호조를 보이고 있었다. 처음 전학 왔을 때와는 몰라볼 정도로 좋아졌는데, 이젠 아이들과 이야기도 하고 장난도 칠 정도였다. 확실히 양아치 학교지만 반에서 2등, 전교에서 14등 했다는 사실에 자신감을 얻은 것 같았다.

"내 친구 중에 마두배란 놈이 있는데 그 애 생일 파티 해 주기로 했거든. 너도 같이 갈래?"

내 말에 문권이 두배가 누구냐고 물었다.

"우리 학교 다니던 앤데, 지난 1학기 때 다른 학교로 전학 갔어."

나는 두배가 나와 같이 삼성파에 들어 있다는 것과, 두배가 무슨 일로 전학 가게 되었는지에 대해서는 말하지 않았다.

"좋아. 같아 가. 근데 누구누구 모이는데?"

"나하고 우리 반 희남이 하고, 아는 형에 계집애 둘."

"여자도 있어?"

"응. 하나는 두배 여친이고, 하나는 내 여친이야."

"그래?"

문권이 호기심에 눈빛을 반짝였다.

"거기서 자는 거야?"

"자진 않을 거야."

"늦게 끝나나?"

"그렇겠지."

"왜냐면, 늦으면 나도 집에 얘길 해야 할 것 같아서."

"그래, 얘기 해. 좀 늦는다고."

수업 끝난 후 우린 만리장성으로 갔다. 내가 흑곰 형에게 희남이와 문권이를 인사시켰다. 흑곰 형이 "어, 그래 어서 와.", 하며 곰발바닥 같은 손으로 우리 어깨를 툭툭 쳤다. 우린 만리장성 골방에 들어갔다. 두배는 먼저 와 있었다. 우릴 보고 소주병에 침을 찍 갈기며 씩 웃었다. 두배가 오랜만이라며 희남이와 악수했다.

"얜 누구야?"

"인사 해. 지난 여름 방학 때 우리 반에 전학 온 이문권이란 애야."

두배와 문권이 악수했다.

"명애는 안 왔어?"

"곧 오겠지. 온다고 했으니까. 지수는?"

"지수도 온다고 했어."

우리가 서서 인사를 나누는 사이 흑곰 형이 들어왔다.

"니네 오늘 뭐 먹을래?"

"탕수육에 고량주 어때?

두배가 우릴 바라보며 물었다.

"문권이 너 술 안 마셔 봤지?"

문권이 그렇다고 했다.

"고량주하고 맥주로 하자. 안주는 그대로 탕수육으로 하고."

내 말에 모두 좋다고 했다. 두배가 담배를 피워 물자 방 안이 금세 연기로 가득 찼다. 환풍기를 돌렸지만 연기가 쉽게 빠지지 않았다. 문권이와 희남이 계속 기침을 해댔다. 잠시 후 명애가 왔다. 사복을 입고 머리를 풀어헤친 명애의 모습은 한결 성숙해 보였다. 갈색의 윤기 나는 피부에 움직일 때마다 터질 듯 흔들리는 가슴. 그녀가 케이크를 들고 있었다. 인사가 끝난 후 내가 명애네 집에 산다고 하자 문권이 눈을 휘둥그레 떴다. 내가 문권에 대해 그 유명한 서울국제중학교에서 전학 와, 지난번 중간고사에서 단박에 우리 반에서 2등을 했다고 하자, 아이들이 탄성을 질렀다.

"문권인 또 나의 충실한 고객이기도 해."

내 말을 못 알아들었는지 문권이 어깨를 으쓱했다.

"내가 애들에게 파는 물건 있잖아? 열쇠고리나 볼펜 같은 것. 그거 잘 사 간다고."

그제야 그가 무슨 말인지 알아듣고 웃음을 터뜨렸다. 음식이 들어왔다. 케이크를 놓고 초에 불을 붙였다. 축하노래가 끝난 후 우린 두배에게 달려들어 생일빵을 놓았다. 생일빵이란 생일인 아이에게 달려들어 축하 의미로 죽지 않을 만큼 패는 것이었다.

"지수 언닌 안 와?"

명애가 포크로 케이크를 찍으며 물었다.

"글쎄. 온다고 했는데 어떻게 된 건지 모르겠네. 문자도 안 받고."

그렇지만 나는 지수 때문에 마음이 불안하지 않았다. 지난 번 만났을 때 어떤 일이 있어도 우린 헤어지지 않기로 약속했기 때문이었다.

술을 따라 건배하고 왁자하게 분위기가 무르익어 갈 무렵 종석이 형이 들어왔다. 나와 두배가 벌떡 일어나 넙죽 인사했다.

"인사드려. 종석이 형이야."

모두가 일어나 인사했다. 종석이 형이 갸름한 얼굴에 빙긋이 미소를 머금었다.

"야, 근데 밖에서 누가 너 찾는다."

종석이 형이 턱 끝으로 나를 가리켰다.

"저를요?"

"그래. 너. 밖에 처음 보는 애들 여러 명 있던데?"

그 말에 흑곰 형이 벌떡 일어섰다. 나도 따라 일어났다. 2층 홀에서 밖을 내다보니 어떤 놈 예닐곱 명이 만리장성 입구에 몰려 있었다.

"넌 여기 있어."

흑곰 형이 성큼성큼 아래로 내려갔다.

“뭐야, 니들?”

흑곰 형이 다가가자 놈들이 주춤주춤 물러났다. 흑곰 형 몸집이 다른 놈들보다 단연 컸다.

“니들 어디서 왔어? 평대는 왜 찾아?”

흑곰 형이 서너 걸음 앞으로 나가자 놈들 중 한 놈이 앞으로 나섰다. 2층인지라 놈의 얼굴을 또렷이 볼 수 있었다. 그놈이었다. 지수 문제로 두배와 함께 찾아가 작살을 내놓은 놈. 나한테 얻어맞고 복수하기 위해 포촌동 패거리들을 몰고 쳐들어온 것이다. 어깨에 힘을 잔뜩 주고 두 손을 바지 주머니에 쑤셔 넣은 채 턱을 치켜들고 말하는 폼이 영락없는 그놈이었다.

“안평대라는 놈만 넘겨주면 돼.”

놈이 낮은 목소리로 으르렁거렸다.

“뭐, 돼? 이런 개뼉다구 같은 새끼가 어디서 야자야? 야, 임마. 니 눈깔엔 뵈는 게 없냐?”

흑곰 형이 놈의 멱살을 바짝 그러쥐었다. 놈의 얼굴이 금세 붉어지며 캑캑거렸다.

“그 애만 넘겨주면 된다니까요.”

놈이 말을 고쳐 존댓말을 쓰며 핏대를 세웠다.

“니들 분명히 말한다. 당장 꺼져. 안 그러면 전부 골통을 날려 버리겠어."

흑곰 형이 쥐고 있는 놈을 확 밀어 버리며 다른 놈들까지 노려보았다. 방 안에 있던 아이들이 몰려나왔다. 아래에서 벌어지는 시비를 보며 종석이 형이 무엇 때문이냐고 물었다. 두배가 옆에서 간단히 상황을 설명했다. 우린 일 층으로 내려갔다. 내가 앞으로 나서려는데 종석이 형이 나를 제지했다. 그러더니 다짜고짜 옆에 있는 놈의 귀뺨을 후려쳤다. 맞은 놈의 입에서 피가 터지고 순간 분위기가 험악해졌다.

"대가리에 피도 안 마른 것들이 여기가 어디라고 와서 까불어."

종석이 형이 다시 옆의 놈을 후려치려고 손을 번쩍 들었다.

"빨리 꺼져. 진짜 피 보기 전에."

종석이 형 입술이 일그러졌다. 창백한 얼굴에 잔인한 기색이 흘렀다.

"저놈만 우리한테 넘기면 된다니깐요."

놈이 손가락으로 나를 지목했다. 섣불리 말로 해서 물러설 것 같지 않았다. 흑곰 형이 앞 돌려차기로 한 놈의 면상을 후려찼다. 얻어맞은 놈의 얼굴이 팩 돌아가며 비틀거렸다. 그런데도 놈들은 물러나지 않았다. 하이에나처럼 캥캥거리며 나를 넘

겨 달라고 아우성이었다. 나는 나도 모르게 뒷목이 뻑뻑해지고 손아귀에 땀이 맺혔다. 솔직히 열 받아 저것들하고 당장 맞짱이라도 뜨고 싶었다.

“제가 잠깐 갔다 오겠습니다.”

내가 흑곰 형에게 말했다.

“가긴 어딜 가, 임마.”

종석이 형이 이맛살을 찌푸렸다.

"그래도 저것들이 날 보자고 하잖아요?"

"임마, 아무리 그래도 그렇지, 저것들이 널 보잔다고 우리가 순순히 그렇게 할 것 같으냐?"

"그럼 어떡하죠? 아예 일대 일 맞짱을 뜰까요?"

내 몸 깊숙한 곳에서 뜨거운 불기운이 솟구쳤다. 차라리 그러는 편이 좋았다. 어쨌든 저놈하곤 무슨 수를 써서라도 해결을 지어야 할 문제였다.

"야, 너 이리와."

흑곰 형이 놈을 불렀다.

"니가 평대하고 유감 있다 이거지?"

놈이 그렇다고 했다.

"좋아. 그럼 니네 둘이 일대 일 맞짱을 떠."

나와 그놈이 좋다고 했다.

"다만 한 가지 이건 분명히 해. 둘이 맞짱 뜨다 어디 한군데 나가도 책임지지 않는다. 그리고 졌든 이겼든 이번 한 번으로 끝내기. 마지막, 흉기는 사용하지 않기다. 좋아?"

나와 그놈이 다시 좋다고 했다.

"그럼 니들 다 나 따라와."

우린 아파트 공사장으로 자릴 옮겼다. 얼굴에 스치는 바람이 싸늘했다. 공사장은 이미 몇 차례 온 곳이어서 낯이 익었다. 곳곳에 세워진 보안등에서 희미한 빛이 비쳐들었다. 우린 공사장 입구 빈터에 마주섰다. 포촌동 패거리들이 한 줄로, 우리 패가 한 줄로. 나와 놈이 가운데 섰다.

"아까 얘기한 것 명심하고, 내가 그만할 때까지 하는 거다."

우리 둘 다 고개를 끄덕였다.

"시작해."

흑곰 형이 뒤로 물러났다.

놈이 주먹을 가슴에 바짝 붙인 채 상체를 숙였다. 얼핏 보면 권투의 기본자세 같았다. 나는 뒤로 몇 걸음 물러나며 몸의 하중을 뒷발에 실은 채 몸을 낮추었다. 그런 자세로 천천히 두 바퀴 쯤 돌았을까? 돌연 놈의 주먹이 얼굴을 향해 날아왔다. 나는 허리를 뒤로 젖혀 피하며 왼손으로 놈의 턱을 향해 주먹을 날렸다. 주먹이 빗나가며 순간 몸이 허뚱거렸다. 우린 다시 너댓 걸음 사이에 두고 떨어졌다. 문득 지수 얼굴이 떠올랐다. 그리고 그녀가 한 말, 이 놈이 괴롭혀 못 견디겠다는 말도 떠올랐다. 순간 몸이 불에 닿은 듯 떨리고 움켜쥔 주먹에 힘이 들어갔다. 나는 있는 힘을 다해 놈에게 달려들어 주먹을 휘둘렀다. 그러나 그게 실수였다. 너무 힘을 준 나머지 후려치는 동작을 멈출 수 없었고, 그 바람에 주먹을 살짝 피한 놈이 몸을 낮춘 상태 그대로 내 명치를 찍어 올렸다. 헉! 격렬한 충격과 통증이 몰려왔다. 놈이 몸을 일으켜 주먹으로 내 얼굴을 사정없이 갈겼다. 나는 반사적으로 두 팔로 얼굴을 감싼 채 머리를 땅바닥에 숙였다. 그러자 이번엔 놈이 발로 옆구리를 걷어찼다. 나는 벌레처럼 몸을 말고 땅바닥을 구르며 놈의 발길을 피했다. 그렇게 몇 바퀴 굴렀을까? 모래더미가 나왔다. 나는 더 이상 구를 수가 없었다. 내가 멈칫하는 사이, 놈의 발이 내 옆구리를 향해 다시 날아들었다. 나는 놈의 발을 움켜잡았다. 그러면서 온 힘을 다해 옆으로 구르면서 발을 비틀었다. 놈이 쿵 옆으로 쓰러졌다. 이번엔 내가 놈의 배에 올라타 사정없이 면상을 후려갈겼다. 놈의 얼굴이 일그러지면서 허억, 낮은 비명을 질렀다. 놈이 순간적으로 배를 위로 튕겼다. 내 몸이 들썩거리며 옆으로 기우는 순간, 놈의 발이 내 목을 휘감았다. 나는 안간힘을 써 놈의 발을 떼어내려 했지만 뜻대로 되지 않았다. 우린 마주보고 엉킨 두 마리 뱀같이 서로 뒤엉켜 씩씩거렸다. 내가 왼쪽으로 힘을 주어 비틀던 몸을 갑자기 오른쪽으로 홱 비틀자 놈의 몸도 덩달아 오른쪽으로 비틀어졌다. 그 바람에 땅에 깔린 내 한쪽 팔이 자유

로워지고, 나는 주먹으로 놈의 사타구니를 있는 힘껏 찍었다. “아악!” 놈이 비명을 질렀다. 나는 다시 한 번 망치로 내리찍듯 놈의 불두덩을 내리찍었다. 놈이 다시 비명을 질러대며 내 목을 감고 있던 다리를 풀었다. 놈이 두 손으로 불알을 움켜쥔 채 모래 더미에서 나뒹굴었다. 내가 벌떡 일어나 발로 걷어차려는데 흑곰 형이 달려들어 우리를 떼어 놓았다.

내가 씩씩거리며 놈을 노려보았다. 놈도 헉헉대며 나를 노려보았다. 포촌동 패거리들이 일어나 나에게 다가왔다. 그러는 걸 흑곰 형이 제지하여 뒤로 밀어냈다. 코끝이 간지러웠다. 손등으로 훔치자 진한 코피가 묻어 나왔다. 얼굴 곳곳이 쓰리고 옆구리가 결렸다.

“너희 둘 다 이리 와. 담배 한 대씩 피워라.”

흑곰 형이 담배를 내밀었다. 내가 받아 불을 붙이자 놈도 그렇게 했다. 연기를 깊이 들이마시는데 옆구리에 예리한 통증이 칼로 찌르는 듯 와 닿았다. 그러나 아픔보다 승부를 완벽하게 내지 못했다는 사실에 더 화가 치밀었다. 생각 같아서는 다시 한 번 붙고 싶었다. 칵 가래침을 뱉었다. 피 섞인 가래덩이가 뱉어져 나왔다.

“니들 임마, 지수 때문에 그렇다며?”

옆에 있던 종석이 형이 다가와 말했다.

"앞으로 어떡할 거야?"

우린 아무 말도 안 하고 서로를 노려보았다.

"앞으로 어떡할 거냐구?"

종석이 형이 놈에게 다시 물었다. 놈이 아무 말도 하지 않았다.

"너는?"

"저는 헤어질 수 없어요. 지수도 나를 좋아한단 말이에요. 저 새끼가 괜히 따라다니며 괴롭히는 거지."

내 말에,

"그래? 알았어. 앞으로 다시 이 문제로 시비가 붙으면 그땐 내가 가서 포촌동인지 개촌동인지 확 다 불 질러 버릴 거다, 알겠냐?"

종석이 형이 입술을 질근질근 씹으며 말했다. 놈이 시근덕거리며 종석이 형을 노려보았다.

"알았어 몰랐어, 임마."

형이 놈의 귀빰을 철썩 후려갈겼다.

"그만 가자."

흑곰 형이 앞서 걸었다. 등 뒤에서 포촌동 패거리들의 씨부

렁대는 소리가 들렸다. 만리장성으로 돌아오자 그때까지 방에 혼자 있던 명애가 걱정스런 표정으로 나를 바라보았다. 내가 손등으로 코를 쓱 훔치며 웃자 그제야 명애가 괜찮냐고 물었다. 우리 모두 자리에 다시 앉았다.

"야, 다 같이 한 잔 하자. 오늘 두배 귀빠진 날이랬지? 어린 것이 좋겠다. 벌써부터 계집애 달고 다니고."

종석이 형 말에 명애 얼굴이 빨개졌다. 술이 들어가자 결리던 옆구리도 아프지 않았다. 그날 우린 완전히 떡이 되도록 마셨다. 아이들과 어떻게 헤어졌는지 어떻게 집에 왔는지 하나도 기억나지 않았다.

# 아버지

12월에 들어서면서 날씨가 바짝 추워졌다. 첫눈이 내리는가 싶더니 기온이 연일 영하로 떨어지면서 차가운 바람이 가슴 살품을 파고들었다. 길을 가는 사람들은 옷깃을 여미고 종종걸음 쳤다. 한 해의 막바지에 접어들면서 너나없이 불안과 초조함에 쫓기고 있었다.

고입 원서를 쓰게 되면서 우리들 가슴 속엔 보이지 않는 긴장감이 팽팽히 감돌았다. 그건 공부 잘하는 아이들뿐만 아니라 나나 두배 같은 애들도 마찬가지였다. 겉으론 이죽거리며 될 대로 되라는 식이었지만, 그러나 우리들 가슴 속엔 고등학교도 양아치 학교에 가야 한다는 열패감이 응달에 얼어붙은 서릿발처럼 서려 있었다.

과학고나 외고 같은 특목고는 이미 합격자 발표를 하기도 했다. 우리 반 반장인 이경훈과 부반장 박원구는 과학고와 외고에 둘 다 합격했다. 오로지 우리 반에서만 명문고 진학이라는 빛나는 성과를 거두었고, 누구보다 감격하고 흥분하는 이는 우리 담임이었다. 교문을 가로질러 축하 현수막이 커다랗게 내걸렸고, 박원구 엄마는 우리 반과 교무실에 피자와 음료수를 돌렸다.

"어딜 가도 상위 1%는 있게 마련이다. 그걸 우리 반 경훈이와 원구가 증명해 주었다. 우리 학교에서도 결국 1%가 과학고 외고에 합격하지 않았나? 어때? 내 말? 내가 니들에게 늘 하던, 그 하면 된다는 말. 오늘과 같은 경쟁 사회에서는 군림하는 상위 1%가 있을 뿐이고 나머지는 그 밑에 종속된다. 자신의 명예와 학교의 명예를 빛낸 두 사람에게 우리 힘찬 박수를 쳐 주자."

교실에 비둘기 떼 깃을 치는 소리가 울려 퍼졌다. 담임이 입에 침을 튀기며 열을 올렸고, 벽에 걸린 '쥐' 사진을 바라보며 득의의 웃음을 입가에 물었다.

지수는 시내에 있는 고등학교에 들어갔다. 집에서 시내 쪽으로 한 시간 가량 떨어진 학교였다. 원래 인문계 학교였는데 요리, 미용, 애니메이션과를 신설하여 처음 신입생을 뽑는 특성화고였다.

"요리 열심히 배워서 맛있는 것 많이 해 줄게."

지수의 합격을 축하하기 위해 만리장성에 모인 날, 지수가 한 말이었다.

"우린 됐고, 니 남편이나 많이 해줘."

켈켈대며 이죽거리는 두배에게 달려들어 지수가 펀치를 먹였다. 두배가 배를 끌어안고 죽는 시늉했다. 나는 지수가 집에서 그리 멀지 않은 학교에 간 것을 다행으로 생각했다. 나 역시 집 근처에 있는 학교에 진학할 생각이었고, 고등학교에 가서도 우린 지금처럼 계속 만날 수 있어서였다.

특목고와 실업계 합격자가 발표된 후 학교는 한마디로 난장판이 되어 갔다. 그동안 유지되어 온 긴장감이 일시에 무너지면서 방향을 잃은 배처럼 흔들리기 시작했다. 이미 고등학교에 합격한 아이들은 그들대로, 또 일반 인문계 진학을 앞두고 있는 아이들은 그들대로 커다란 암초에 걸린 선박처럼 허우적거렸다. 학교에 안 나오는 아이들도 많았고, 나온 아이들은 대놓고 책상과 쓰레기통을 부쉈으며, 쉬는 시간 교실에서 담배도 피웠다. 수업 시간마다 교실은 모두 영화방으로 변했고, 수업에 들어가지 않고 땡땡이치는 아이들이 학교 주변을 어슬렁거렸다.

선생들도 전쟁을 끝낸 병사처럼 맥이 빠진 채 아이들의 그런 모습을 바라보고만 있었다. 특히 학생부장 미친개는 더욱 그랬다. 그는 수업 시간에 "야, 누구 영화 빌려 온 것 없냐? 틀어 봐." 한 후 밖에 나가 들어오지도 않았다. 모두 얼마 남지 않은 겨울방학만 목이 빠지게 기다리고 있었다.

그런 어느 날.

아버지가 시골에서 올라왔다. 담임과 상담하여 나의 고등학교 진학 문제를 결정하기 위해 서였다.

"요즘엔 고등학교 가기도 어려워. 고등학교도 선택젠가 뭔가가 돼서 학교 가기가 힘들다."

저녁밥을 먹으며 당숙이 말했다.

"옛날에는 인문계하고 실업계만 있었는데, 요즘엔 학교 종류도 너무 많아 우리 같은 사람들은 뭐가 뭔지 알 수도 없대유."

아버지 말에,

"평대는 학교 어디로 가기로 했어요?"

당숙모가 물었다.

"내일 가 봐야쥬. 애 담임 선생 만나 봐야쥬."

나는 아버지 말에 얼굴이 화끈거렸다. 담임을 만나봐야 결론이 뻔해서였다. 나는 신경질적으로 밥공기 속의 밥을 젓가락으로 휘저었다. 언젠가 한 번은 치러야 할 일로 마음을 다잡고 있었지만, 당숙과 당숙모 그리고 아버지와 함께 하는 저녁 식사 자리가 바늘방석에 앉은 것처럼 불안하기만 했다.

"상호는 이제 3학년이죠?"

"내년이면 고3여. 고3 되면 학교 기숙사로 들어간댜. 전교 20등 안에 드는 애들만 따로 모아서 서울대 반을 만들어 학교에서 먹고 자고 한다나 봐. 그럼 방이 하나 남는데, 상호가 쓰던 방을 평대가 쓰면서 공부하면 되지."

"상호는 공부 잘 하죠?"

"걔는 틀림없어. 언제나 일등이여."

"그러니 누굴 닮아서 그렇게 공부를 잘 허는겨?"

아버지가 나를 힐긋 노려보았다.

다음 날 아버지가 학교에 왔다. 허름한 점퍼 차림에 학교에 온 아버지를 보자 얼굴이 불에 데인 듯 뜨거웠다. 고등학교 진학 문제보다 허름한 아버지의 존재가 창피해서였다. 학교 선생들에 비해 아버지의 행색이 너무 초라했다. 이제 막 들일하다 말고 나온 것 같은 아버지였다. 겨울인데도 햇빛에 그을어 얼굴은 새까맸고, 손은 뭉툭했으며, 점퍼 소매가 낡아 솔기가 해져 있었다.

담임 앞에 아버지와 함께 앉아 있는 내가 죄인처럼 느껴졌다.

"평대 이 녀석 3년 동안 내신 성적이 90점이 채 안 돼요."

담임이 성적 합산표를 앞에 놓고 말했다.

"전부 몇 점 만점이쥬?"

"2백점 만점이에요."

"허- 참!"

아버지가 기가 찬 듯 혀를 끌끌 찼다.

"그 정도면 워디 학교 갈 수 있대유?"

"글쎄요. 갈 수 있는 학교가 있을래나? 있긴 있겠죠. 문제는 좋은 데 못 가서 그렇지."

담임이 눈길 한 번 주지 않고 빈정대듯 말했다. 내 목이 자라처럼 움츠러들었다. 그러면서 한편 화가 치밀어 올랐다. 공부를 못한 죄로 아버지까지 모욕당하는 것 같아서였다. '아버지, 일어나세요. 학교야 아무데나 가면 되잖아요?' 하며 자리를 박차고 나가 버리고 싶었다.

아버지가 일어서면서 엉거주춤 음료수 박스를 담임에게 내밀었다.

"모든 것을 선생님께 맡기겠습니다."

아버지가 굽실거렸다. 최선을 다해 보겠지만 성적이 워낙 안 좋아 어떻게 해 볼 방법이 없을 거라며 담임이 말했다. 담임 말에 비웃음이 묻어나왔다.

나는 아버지를 마중할 겸 교문 앞까지 나왔다. 아버지가 선 채로 말했다.

"뒈져, 이 자식아."

앞뒤 없이 불쑥 말하는 아버지의 목소리에서 시멘트 바닥에 굴리는 쇳덩어리 소리가 났다. 아버지는 나를 노려보며 이를 악물었다.

"병신 같은 새끼. 공부하라고 서울로 전학시켰더니, 뭐, 87점? 니가 사람이냐? 니 에미 애비 죽도록 농사져 너 하나 공부시키려고 뼈골 빠지게 일하는 데, 뭐?, 87점?"

아버지 눈썹이 누에처럼 꿈틀거렸다. 나는 아무 말도 하지 못한 채 아버지를 바라보았다. 절망에 휩싸인 아버지의 눈동자가 이리저리 흔들렸다.

"너 있다 학교 끝나고 곧장 집으로 와. 집이 와서 나하고 같이 시골로 내려가."

아버지가 몸을 홱 돌려 걷기 시작했다. 나는 아버지의 허름한 모습이 보이지 않을 때까지 그 자리에 우두커니 서 있었다.

# 달아나고 싶다

학교가 끝난 후 나는 두배네 집에 갔다. 집으로 곧장 오라는 아버지의 으름장이 귓가를 맴돌았지만 나는 집으로 가지 않았다. 가 봤자 당숙이 있는 곳에서 아버지 잔소리만 들을 게 뻔해서였다.

두배네 집에 명애가 와 있었다. 둘은 붙어서 스킨십을 하고 있었는지 얼굴이 붉게 달아올랐다.

"니네 꼰대 왔었대며?"

두배가 나를 보며 히죽 웃었다.

"어떻게 알았냐? 그러잖아도 오늘 좆 됐다, 담임 앞에서."

내 말에,

"그러니까 평소에 공부 좀 하지."

명애가 두배 옆에서 배시시 웃었다.

"열나는데 누구 약 올리냐? 염장 지르지 말고, 술 있어?"

내가 담배를 꺼내 입에 물었다.

두배가 냉장고에서 소주를 꺼냈다.

"술을 아주 사다 놓고 마시는구나."

"내가 산 거 아냐. 우리 꼰대가 사다 놓은 거지."

"그래?, 니네 꼰대가 사다 놓은 술 니가 마시고. 하긴 누가 마시면 어떠냐? 마시고 뽕 가는 게 임자지. 안주거리 없냐? 뭐라도 있어야 마시지."

내 말에 두배가 그냥 나팔 불라고 했다.

"과자도 없어?"

"아무 것도 없어."

"김치도?"

내가 냉장고 문을 열자 두배가 명애에게 라면을 끓이라고 했다.

유리컵에 소주를 따랐다. 투명한 액체가 쿨럭쿨럭 쏟아졌다. 단숨에 한 잔을 입에 쏟아 부었다. 찬 소주가 들어가자 목구멍에서 뱃속까지 짜릿한 기운이 일직선으로 내려갔다.

"두배 너도 한 잔 해. 우리 가운데 가장 좋은 학교 들어갔잖아?"

내가 이죽대며 두배에게 잔을 건넸다.

"오빤 지금 안 돼."

두배가 잔을 받으려는 것을 명애가 제지했다.

"왜 안 돼?"

"아무튼 안 돼. 그리고 왜 대낮부터 학생이 술을 마셔?"

"야, 열 받으니까 마시지."

"그러니까 열 받는 사람이나 마셔. 두배 오빤 지금 열 안 받는단 말야."

명애가 두배 팔짱을 끼며 새롱거렸다.

"씨바, 눈꼴시어 못 봐 주겠네. 누구 마누라 아니랄까 봐 벌써부터 옆에서 잔소리냐?"

내 말에 명애가

"뭐? 다시 말해 봐. 내가 누구 마누라라고?"

나에게 달려들었다.

나는 앞에 놓인 잔에 술을 따라 단숨에 들이켰다.

"에-씨. 나도 두배처럼 실업계나 갈 걸."

내가 라면 국물을 떠먹으며 투덜대자

"평대, 너 말이라도 똑바로 해라. 우리 학교는 너 같은 지질이는 못 들어오는 데야."

두배가 키득거렸다.

"그래. 니 말이 맞다. 너 들어간 학교가 관악생명과학고지? 옛날에 농고였는데 이름이 그렇게 바뀌었지? 좋겠다. 어쨌든 넌 이름이라도 과학고에 갔으니. 나중에 꽃집 해서 돈이나 많이 벌어라."

두배는 처음부터 아예 농고를 지원해, 이미 원예과에 합격한 상태였다.

뱃속에 술기운이 퍼지며 정신이 알딸딸해졌다. 환풍기를 돌렸지만 방안에 연기가 자욱했다.

"야, 우리 만리장성 가서 더 마실래?"

내가 자리에서 일어나며 말했다.

"흑곰 형 집에 없을 걸. 요즘 자격증 딴다고 어디 간 것 같던데."

"그래? 흑곰 형이 공부한다고? 진짜 웃긴다. 그 형이 공부를 한다니."

"자격증 시험공부."

"어쨌든 그것도 공부는 공부잖아?"

내 말에 술기운이 진하게 묻어났다. 환풍기 옆 보자기만한 창문에 어둠이 내려앉았다. 술이 떨어지자 갑자기 할 일이 없어졌다.

"오늘 어디서 자냐?"

"글쎄. 갈 데 없는데. 흑곰 형이나 있으면 만리장성에서 자려고 했는데……."

내가 말끝을 흐리자,

"지수 나오래서 같이 있어."

두배가 말했다.

"니네 엄마 아빠 올 시간이지?"

내 말에 두배가 벽에 걸린 시계를 보았다.

"어. 빨리 치우고 일어나자. 요즘은 날이 추워 일찍 들어오거든."

우린 잽싸게 주변을 정리했다. 두배가 소주병을 쓰레기통에 넣고 명애가 라면 냄비를 닦았다.

"환풍기는 계속 틀어놔. 연기 더 빠지게."

두배가 방바닥을 걸레질하며 말했다.

밖에 나오자 찬바람이 일시에 몰아쳤다. 술기운에 화끈거리던 얼굴이 시원하고 상쾌했다. 숨을 깊이 들이쉬자 몸이 부르르 떨렸다.

"두배 넌 들어가라."

두배와 헤어진 후 명애와 함께 길을 걸었다.

"명애, 너 집에 갈 거지?"

명애가 그렇다며 고개를 숙인 채 옷깃을 여몄다.

"아 씨바. 난 오늘 어디서 자지?"

"졸지에 완전 갈 곳 없는 청소년 됐네. 청소년은 나라의 보배라는데."

명애가 나를 보며 풋풋 웃었다.

밤바람이 갈수록 차갑게 파고들었다. 지나는 차들이 바람을 일으켜 바짓단이 마구 너풀거렸다.

"오빠도 그냥 집에 들어가."

"뭐? 그냥 들어가도 꼰대한테 맞아 죽을 텐데, 지금 들어가라고?"

추위에 턱이 떨려 목소리가 덜덜거렸다.

"이따 집에 가서 오빠 방에 오빠 아버지 있나 없나 봐서 문자해 줄 게. 없으면 집으로 들어와."

명애가 말하며 싱긋 웃었다. 끝까지 내 걱정을 해 주는 명애가 고마웠다.

명애와 헤어진 후 밤거리를 걸었다.

술을 더 마시고 싶었다. 주머니 속 돈을 가늠해보았다. 손에 집히는 게 천 원짜리 몇 장뿐이었다. 담배를 빼물었다. 아무래도 삥을 좀 뜯어야 할 것 같았다. 적당한 놈 하나 걸려들길 바라며 지나가는 사람들을 유심히 살폈다.

'씨바, 공부 못하는 것이 죄냐? 어디든 일등부터 꼴찌는 있게 마련 아냐? 일류, 이류, 삼류에 양아치 학교는 다 뭐야? 담임이나 꼰대나 모두 성적에 매달려 지랄들이야.'

신경질 나는 마음에 누구 하나 잡아서 묵사발을 내놓고 싶었다.

닫혀 있는 가게 셔터를 주먹으로 내리쳤다. 쾅! 정적에 싸여 있던 밤거리에 폭발음이 일었다. 앞서 가던 사람들이 놀라 뒤돌아보았다. 주먹의 살갗이 벗겨져 피가 흘렀다. 어금니를 꽉 깨물었다. 어디로 가야 하나? 그러나 정말 갈 곳이 없었다. 집으로 다시 돌아가고 싶지는 않았다. 발길 닿는 대로 걸었다. 떡이 되도록 술을 마시고 이놈의 세상을 와장창 부숴 버리고 싶었다.

지수가 보고 싶었다. 지수처럼 날 편하게 대해 준 아이는 없었다. 지수와 오늘 밤 어디론가 달아나고 싶었다. 그래, 어디론가. 성적도 경쟁도 간섭도 폭력도 없는 어디론가. 지수라면 틀림없이 같이 가 줄 것 같았다.

답장이 오길 간절히 바라며 나는 지수에게 문자를 날렸다.

〈끝, 제3권『생명에 이르는 병』으로 이어집니다.〉

## | 작가의 말 |

2012년 8월 31일 나는 학교를 떠났습니다. 24년 2개월 동안 근무한 학교였습니다. 고등학교에서 4년 중학교에서 20년. 그동안 해직과 숱한 경고 인사조치 등으로 열세 학교를 옮겨 다녔습니다.

명예퇴직으로 학교를 떠나면서 나는 나의 지난날을 돌아보았습니다. 그동안 내 삶을 압축해 표현한다면 다음 세 단어일 것 같았습니다.

'운동 · 문학 · 청소년'

운동은 제가 교사로서 한 교육운동을 말합니다. 그리고 문학과 내가 만난 아이들.

운동과 문학은 늘 내 안에서 갈등하면서 충돌했습니다. 한때 운동은 문학에게 '반역의 언어'가 되도록 충동하기도 했습니다. 시대 상황이 그렇게 강제했던 것이지요. 그리하여 그 시대 문학은 거칠었고 쇳소리가 났으며 불에 그을린 흔적으로 남았습니다. 그렇게 10년 이상을 살았습니다.

그러다 운동을 뒤로 하고 문학에만 전념하고자 했습니다. 우리말을 새로 공부하고 문학다운 문학을 하려고 나름대로 애썼습니다. 운동하면서 몸에 밴 진정성, 인간과 사회 변혁에 대한 믿음을 저버리지 않기 위해 새벽마다 일어나 글을 썼습니다. 그렇게 또 10년을 살았습니다.

그런 어느 날, 내 안에서 행복한 질적 변화가 일어났습니다. 그동안 대립 관계에 있던 운동과 문학이 행복한 만남을 이룬 것입니다. 청소년문학을 통해서였습니다.

그동안 학교에서 아이들과 부대끼면서 쌓아 온 경험, 10년 이상 새벽에 일어나 끈질기게 매달려 온 문학적 수련, 그리고 운동하면서 형성된 인간과 사회와 삶을 바라보는 세계관이 더 이상 돌멩이처럼 덜그럭대지 않고, 내 안에서 고운 모래처럼 청소년문학이라는 한 그릇에 담길 수 있을 것 같았습니다.

그리하여 첫 작품으로 『이빨자국』을 썼습니다.

두 번째로 『싸움닭 샤모』를 썼고요.

그리고 이 책 『불량 아이들』이 세 번째 써 내는 청소년 소설입니다.

『불량 아이들』은 내가 만난 아이들에 대한 이야기입니다. 그러면서 또한 나의 학창시절 이야기이기도 합니다. 나와 내가 만난 아이들. 한 세대를 뛰어넘는 시간이 지나는 동안, 가정도 학교도 사회도 참으로 많은 것들이 아찔할 정도로 변해버렸습니다.

그러나 변하지 않은 것들이 있습니다. 우리 사회가 여전히 경쟁 사회라는 것, 학벌 중심 사회라는 것. 점수에 의해 아이들은 등수가 매겨지고, 경쟁 없이는 발전도 없고, 세상은 적자생존이며, 약한 자는 도태될 수밖에 없다는 살벌한 논리가 예나 지금이나 우리들의 의식을 짓누르고 있다는 것입니다.

이런 상황에서 문제아라는 아이들도 따지고 보면 입시 경쟁 교육이 낳은 '괴물'들인 것입니다. 공교육 붕괴니 학교 폭력이니 하는 문제의 원인으로 여러 진단과 처방이 나오고 있지만, 문제의 핵심은 날로 격화되는 경쟁에 있다는 것, 경쟁 교육과 경쟁 사회가 변하지 않고서는 괴물들의 양산을 피해 갈 수 없다는 것. 이것이 이 소설을 통해 내가 말하고자 하는 바였습니다.

나는 이 소설을 5년 전에 썼습니다. 우리 사회가 보수화되면서 저 나름대로 작품을 통해 문제제기를 하기 위해서였습니다. 쓰고 난 후 여러 사람들에게 보여 주었습니다. 교사, 학생, 학부모, 일반 문인 등 15명 이상 분들에게 보여 주면서 소감과 지적의 말씀을 들었습니다. 그 중 두 가지가 생각납니다.

하나는 중학생을 자녀로 둔 학부모(여)의 말입니다.

"어머, 요즘 애들이 정말 이래요? 말로 듣기는 좀 했는데, 정말 이렇구나."

학부모는 좀처럼 소설 속 이야기를 믿으려 하지 않았습니다. 막된 세상에 막가는 아이들의 행티 정도로 느끼는 듯했습니다.

다른 하나는 중3 여학생의 말입니다.

"뭐 별거 아니네요. 소설에 나오는 애들이 다 집에서 학교 잘 다니고 있잖아요?"

나는 여학생 말에 뒤통수를 얻어맞은 것 같았습니다. 놀든 어쨌든 그래도 집에서 학교 다니면 '범생이'라는 말. 그렇다면 이 학생이 말하는 이른바 요즘 '날라리'라는 애들은 어떤 식으로 놀까요?

기성세대라 할 학부모와 그 자녀에 해당하는 여학생 간의 시각차가 이렇게 컸습니다.

'운동 · 문학 · 청소년'

지나온 나의 삶을 이렇게 세 단어로 압축할 수 있다면, 앞으로 살아갈 삶 역시 이 세 단어의 연장선에 있을 것입니다. 이제 나는 교실이라는 공간에서 학생을 직접 만나지는 않지만, 세상이라는 좀 더 큰 교실에서 청소년을 위한 문학을 계속하게 될 것입니다.

'불량 아이들'의 겉모습은 거칠고 되바라지고 반항적입니다. 그러나 그들의 내면은 여러 요인으로 인해 열등감에 젖어 있습니다. 그들이 기성세대의 삶을 흉내 내며 눈에 힘을 주고 주먹을 을러대지만, 그들의 자존감은 매우 낮으며 내부에는 그들 나이에 맞는 여리고 섬세한 감성이 자리하고 있습니다.

이 점을 놓치지 말고 이 책을 읽어야 하지 않을까요? 결핍과 상처를 안고 있는 그들이지만, 그들도 세상에 둘도 없는 소중한 아이들이며, 그들 나름대로 성장의 아픔을 겪으며 하나의 인간으로 자라나고 있다는 것.

그런 시선으로 아이들을 바라볼 때 우리는 그 아이들을 단순히 싸가지 없는 놈이 아닌, '한 인간'으로 보듬어 안을 수 있을 것입니다.